Renate Kette • Zwei ungleiche Freunde

Renate Kette

Zwei ungleiche Freunde

Roman

FRIELING

Die Schreibweise in diesem Buch entspricht den Regeln der alten Rechtschreibung.

Bibliografische Information der Deutschen Bibliothek
Die Deutsche Bibliothek verzeichnet diese Publikation in der Deutschen Nationalbibliografie; detaillierte bibliografische Daten sind im Internet über http://dnb.ddb.de abrufbar.

Hünefeldzeile 18, D-12247 Berlin-Steglitz
Telefon: 0 30 / 76 69 99-0
www.frieling.de

ISBN 3-8280-1956-0
1. Auflage 2003
Umschlaggestaltung: Graphiti GmbH, Berlin

Printed in Germany

Ein grauer Novembertag hatte nach Schulschluß zwei Freunde auf die Idee gebracht, etwas ganz besonderes zu machen. Beide waren 16, nicht die Besten in ihrer Klasse. Alex Schröder war ein Schlitzohr und steckte immer voller Unternehmungsgeist. Martin Zimmermann war dagegen etwas träge und mußte von seinem Freund aufgemuntert werden. Beide standen auf dem Schulhof hinter einem Baum und beobachteten einen alten Mann, der im gegenüberliegenden Haus aus dem Fenster schaute. „Den Alten werden wir uns mal vornehmen“, beschloß Alex und rüttelte Martin dabei am Arm. Der Rentner war den Jungen unangenehm aufgefallen, weil er sie schon öfter ermahnt hatte, wenn sie lärmend durch die Gegend rannten und an sämtlichen Haustüren klingelten. „Das ist eine gute Idee“, sagte Martin beipflichtend, und seine Augen leuchteten dabei. „Gut Junge, wir bleiben am Ball“, sagte Alex fest entschlossen. Sie wollten den Abend abwarten und verabredeten sich um 18 Uhr am gleichen Ort. „Zieh dir etwas Dunkles an, damit wir nicht erkannt werden“, rief Alex. Dann huschten beide in entgegengesetzte Richtungen davon. Martin war Feuer und Flamme von dem guten Einfall seines Freundes. Gleich nach dem Mittagessen, das er nur in der Mikrowelle aufzuwärmen brauchte, machte er sich an die Hausaufgaben. Er war ein mittelmäßiger Schüler und hätte bei mehr Fleiß durchaus besser sein können. In fast allen Fächern stand er „Befriedigend“ außer in Mathe. Da kam er nicht über eine Vier hinaus. Sein großes Interesse galt den Büchern. Gerne las er Seefahrergeschichten und Abenteuerromane. Oft wurde er noch spät am Abend von seinen Eltern beim Lesen ertappt. Meistens las er mit der Taschenlampe unter der Bettdecke, denn es sollte nicht auffallen. Seine Mutter merkte es trotzdem, weil die Taschenlampe auf dem Fußboden lag, wenn sie noch einen Kontrollgang in sein Zimmer machte.

Martin hatte noch eine jüngere Schwester, mit der er nichts anzufangen wußte. Katrin, die Siebenjährige, war Erstkläßlerin und machte ihren Eltern viel Freude. Nach der Schule besuchte sie den Hort, weil die Eltern berufstätig waren. Ein Zettel auf dem Küchentisch, den Martin fast übersehen hätte, teilte ihm mit, daß er Katrin heute vom Hort abholen sollte. Seine Mutter, eine Sekretärin der Stadtverwaltung, hatte nach der Arbeit einen Frisörtermin und kam dadurch später als sonst. Martin rümpfte die Nase. Gerne machte er das nicht. Seine Klassenkameraden zogen ihn immer auf, wenn sie ihn mit seiner kleinen Schwester sahen. Er schaute auf die Uhr. Es war noch Zeit. Er räumte die Schulsachen vom Tisch und schaltete den Fernseher an. „Schon wieder so eine blöde Talkshow", schimpfte er und suchte alle Kanäle durch, bis er Fußball fand. Bayern München spielte gegen Schalke 04. Es stand noch unentschieden. Martin war ein Bayern-Fan und drückte seinen Favoriten die Daumen. Er sammelte alle Souvenirs von Bayern München. Sogar seine Bettwäsche hatte dieses Motiv. Er wollte Tag und Nacht an die Mannschaft seiner Wahl erinnert werden. „Nein", schrie er plötzlich aufgebracht, wieder kein Tor und rannte im Zimmer hin und her. Die Bayern waren nicht so gut drauf wie sonst. Am liebsten hätte er in das Spiel eingegriffen und selbst ein Tor geschossen. Da war es passiert – Schalke lag in Führung. So eine Scheiße!

So blieb es auch bis zum Spielende. Martin schreckte hoch,

fünf Minuten vor vier. Es war schon schummrig und recht frisch. Er mußte eilig los, sonst würde ihn Katrin vielleicht verpfeifen. Er holte seinen Drahtesel aus dem Keller, und ab ging die Post. Völlig außer Puste erreichte er den Hort. Katrin stand schon vor der Tür und winkte, als sie ihren Bruder erkannte. „Na Kleine“, begrüßte er sie und setzte sie auf sein Fahrrad. Katrin konnte sich gut alleine beschäftigen. Stundenlang malte sie oder blätterte in ihren Bilderbüchern und versuchte einige Worte vorzulesen. Martin staunte. Nach kurzer Zeit kam die Mutter – frisch frisiert und gutgelaunt – nach Hause. „Hallo ihr beiden, wie war euer Tag?“ fragte sie neugierig und umarmte ihre Kinder. „Nichts besonderes“, antwortete Martin und winkte ab. „Wir haben ein Diktat geschrieben“, meldete sich Katrin und hielt ihr Heft in die Höhe. „Toll hast du das gemacht“, lobte sie die Mutter. „Du kannst schon bald an Oma und Opa einen Brief schreiben.“ „Ha, ha“, lachte Martin abfällig, „so weit ist es noch lange nicht.“ Die Mutter zwinkerte Katrin zu, um sie zu beruhigen. Am Abend hatte sie sich mit ihrer Freundin Lotti verabredet. Ein Telefonanruf unterbrach das Gespräch. „Hallo Papa“, sagte Martin und gab seiner Mutter den Hörer. Der Vater hatte eine Autopanne und konnte erst am nächsten Tag zurück sein. Er war Geschäftsführer einer Computerfirma und häufig dienstlich unterwegs. Martin ahnte nichts Gutes. „Ihr werdet schon mal ohne mich zurechtkommen“, meinte die Mutter und schaute ihren Sohn dabei an. „Selbstverständlich Mama, geht schon in Ordnung“, antwortete ihr Großer und dachte sich seinen Teil. Katrin war schon müde, und er wollte auch bald schlafen gehen. Martin saß wie auf Kohlen und ruckelte nervös auf dem Stuhl hin und her. Er war erleichtert, als sich seine Mutter endlich auf den Weg machte. Katrin schlief schon fest. Inzwischen war es 19 Uhr geworden. Auf leisen Sohlen schlich Martin sich aus dem Haus. Alex war schon halb erfroren. Es hatte angefangen zu schneien. „Endlich“, rief er Martin entgegen. „Wo steckst du denn so lange“? „Hör auf, ich mußte noch warten bis Katrin eingeschlafen ist.“ „Hast du alles dabei?“ fragte Alex aufgeregt. „Freilich, es ist alles vollzählig“, antwortete Martin bestimmt. Dann zeigte er auf eine Strumpfhose seiner Mutter, die viele Laufmaschen hatte. In einem dunklen Hausflur machten sie Generalprobe. Als beide in voller Positur waren, schaltete jemand die Flurbeleuchtung an. Beide rannten, wie vom Blitz getroffen, auf die Straße und rissen sich die Strumpfhosen vom Kopf. „Was wollen wir eigentlich machen?“ fragte Martin ungeduldig. „Ich denke, wir wollen eine Handtasche klauen“, antwortete Alex gereizt. „Ja natürlich oder hast du dir etwas anderes überlegt?“ „Nö, nö ist schon okay, du bist vielleicht ein Angsthase“. Dann stülpten sie eilig die Strumpfhosen über und begannen fürchterlich zu lachen. „Ich glaube, das wird nichts“, sagte Martin und nahm das Ding ab. „Wir sehen aus wie Bankräuber, ich habe Angst.“ „Quatsch, beruhigte ihn Alex, mach hin, da kommt gerade jemand.“ Eine Passantin mittleren Alters eilte in schnellem Schritt herbei. Ihre Absatzschuhe machten richtig Krach. Alex fackelte nicht lange und entriß ihr die Umhängetasche. Dann türmten beide in ein nahe gelegenes Gebüsch. Die Frau schrie aus Leibeskräften, doch das half ihr nicht. Es war weit und breit niemand zu sehen in dieser einsamen Gegend. Die Jungen zitterten wie Espenlaub, so einfach war ein Überfall eben auch nicht. Die Überfallene suchte nach ihrem Schuh, den sie dabei verloren hatte. Er lag genau am Rinnstein, wie die beiden beobachten konnten. Dann hielt sie sich an einer Hauswand fest und lief schluchzend in Richtung Innenstadt. Die Jungen begannen, die Tasche, die nicht die eleganteste war, zu durchsuchen. Ein Schlüsselbund fiel ihnen gleich entgegen. Das abgeschabte Portemonnaie enthielt nur 50 Mark und etwas Kleingeld. „Nicht der Rede wert“, kommentierte Alex die Ausbeute und knallte enttäuscht die Tasche ins Gebüsch. Ihre Strumpfhosen vergruben sie in einem Erdloch, das sie mit ihren Händen gebuddelt hatten. An einem Kiosk ließen sie sich den Geldschein wechseln und teilten sich die karge Beute. Es waren für jeden nur 27,30 DM. „Besser als nichts“, bemerkte Martin und schüttelte seinen Anorak aus. Dann verschwand er mit kurzem Winken im Dunkel der Nacht. Seine Mutter hatte ihn schon vermißt und sich Sorgen gemacht, weil es bereits 22 Uhr war. Sie hatte schon bei Alex und Uwe angerufen, doch ohne Erfolg. Gerade als sie sich auf die Suche machen wollte, öffnete sich die Tür. „Hallo Mama“, begrüßte Martin seine Mutter und schickte sich an, in sein Zimmer zu eilen. „Halt Freundchen, wo kommst du so spät her?“ wollte die besorgte Mutter wissen. „Ich war bei Alex“, stotterte er unverständlich in seinen Bart. „Eben habe ich dort nachgefragt, dort warst du nicht“, entgegnete die Mutter wütend. „Solche Lügereien kann ich nicht ertragen“. Sie gab ihm eine saftige Ohrfeige und jagte ihn ins Bett. Martin legte sich ungewaschen schlafen, doch mit dem Einschlafen hatte er Probleme. Der Raubzug ging ihm durch den Kopf. Vielleicht war die Frau zur Polizei gegangen und hatte Anzeige erstattet. Wie kam sie ohne Schlüssel in ihre Wohnung? Diese und andere Fragen schossen durch seinen Kopf und hielten ihn hellwach.

Plötzlich stand er auf und suchte das erbeutete Geld aus seinem Anorak zusammen und steckte es in seine Sparbüchse. Da fiel es nicht auf Martin bekam monatlich 20 DM Taschengeld, doch manchmal noch ein Kinogeld extra. Das war nicht viel. Er sollte aber lernen, mit Geld umzugehen. Zielstrebig sparte er das Geld für einen Fernseher in seinem Zimmer. Es gab immer häufiger Reibereien bei der Programmauswahl.

Todmüde war Martin dann eingeschlafen mit allen Problemen, die ihn quälten. Er hatte fürchterliche Träume und schreckte mehrmals hoch und schrie laut auf. Als seine Mutter nachts vor seinem Bett stand, war er total durchgeschwitzt. „Junge, was ist denn mit dir los, du hast ganz laut geschrien." „Ich habe nur schlecht geträumt", antwortete er völlig verschlafen und drehte sich um. Außer einer Notiz in der Tageszeitung, hatte der Überfall keine Folgen. Die Jungen waren erleichtert. Außer einem Klingelstreich bei dem Alten, ließen sie sich nichts mehr zu Schulden kommen.

Der Schulalltag war zurückgekehrt. Martin zeigte zufriedenstellende Leistungen. Bei mehr Fleiß hätte er ein guter Schüler sein können. Was er brachte, fiel ihm zu. Er hatte eine schnelle Auffassungsgabe. Der Klassenlehrer Herr Vogel, von den Schülern Trallala genannt, hatte sich Martin unlängst vorgeknöpft. Er wollte ihn ermuntern, vor den Prüfungen den Schnellgang einzulegen. „Es lohnt sich. Wenn du dich zusammenreißt, kannst du die Zehnte noch mit ‚Gut' abschließen. Überleg dir das." Martin fand, daß sein Lehrer Recht hatte. Die Prüfungsvorbereitungen waren anstrengend. Die Eltern nahmen Rücksicht und klammerten ihren Sohn von Sonderaufgaben aus. Die Mutter lobte ständig seinen Fleiß in Gegenwart des Vaters. Martin gefiel das, und er legte noch einen Zahn zu. Alex zeigte wenig Interesse für die Schule und wurde ständig getadelt. Die Hausaufgaben fehlten meistens.

Martin hatte schon viele Bewerbungen verschickt, um einen Ausbildungsplatz zu finden. Sein Traumberuf war Kfz-Mechaniker. Die Aussichten waren sehr schlecht. Die Autohäuser hatten zu viele Bewerber. Schon sechs Absagen waren ins Haus geflattert. Die Lage war deprimierend und machte wenig Hoffnung auf Erfolg. Vater Günter runzelte die Stirn und meinte: „Wenn alle Stränge reißen, muß ich dich bei mir unterbringen.“ Martin interessierte sich zwar schon seit seiner frühesten Jugend für Computer, doch zu seinem Vater wollte er nicht unbedingt. „Das wäre nur eine Notlösung“, beruhigte ihn sein Papa. „Vielleicht hast du doch noch Glück.“ Zur Freude seiner Eltern schaffte Martin die Zehnte mit „Gut“. Es folgten Wochen des Bangens um die ersehnte Lehrstelle. Endlich kam ein Brief vom Autohaus Ford und brachte die erlösende Nachricht. Martin war außer sich und sprang an die Decke vor lauter Freude und drückte seine Eltern. Die ganze Familie atmete auf. Das war ein Geschenk des Himmels, wie ein Sechser im Lotto. Nun konnte Martin seine Ferien in Ruhe genießen.

In den ersten drei Wochen wollte er arbeiten. Danach war Urlaub angesagt. In einem großen Getränkemarkt hatte er Arbeit gefunden, um sich sein erstes eigenes Geld zu verdienen. Oft traf er dort ehemalige Schulkameraden, die ihn mit einem lauten „Hallo“ begrüßten. Martin staunte über den enormen Verbrauch der vielfältigen Getränke. Er arbeitete sich rasch ein und war bei den Kunden beliebt. Der Abteilungsleiter schätzte seine zuverlässige Arbeit und lobte ihn häufig. Martin hatte sich 300 DM verdient. Das reichte für den ersehnten Fernseher. Er wollte sich nach Sonderangeboten umschauen und für den Rest Klamotten anschaffen. In der ALDI-Werbung fand er eine günstige Flimmerkiste. Da greife ich zu, beschloß er und schnappte sich sein Fahrrad. Er hatte Glück und erwischte das vorletzte Gerät, das er auf den Einkaufswagen hievte. Überglücklich schob er den Drahtesel mit der kostbaren Neuanschaffung. Ein Hupen ließ ihn aufhorchen. Seine Nachbarn hatten ihn erkannt und hielten mit dem Auto neben ihm. „Na Martin, sollen wir nicht den gewaltigen Karton lieber mit unserem Wagen transportieren?" „Gern." Dann nahm er das freundliche Angebot dankend an. Seine erste Anschaffung war ein Volltreffer. Der Fernseher hatte ein ausgezeichnetes Bild und sogar Videotext. Das hatten nicht mal seine Eltern. Von der Freude übermannt, lud er gleich seinen Freund ein. Alex hatte die Prüfung mit Hängen und Würgen bestanden. Er hatte aber keine Lehrstelle und lungerte auf der Straße herum. Als Waisenkind fehlte ihm die häusliche Geborgenheit, die Martin hatte. Alex lebte bei seiner krebskranken Großmutter, die sich kaum um ihn kümmern konnte. So lebte er in den Tag hinein und war froh, daß er Martin hatte. Beim Anblick des neuen Stückes war er wie geblendet. „Der ist ja geil", meinte er und betrachtete den Fernseher aus der Nähe. Die Jungen suchten alle Programme ab und blieben bei einem Abenteuerfilm. Martin stellte den Videotext ein „Schau mal Alex, hier werde ich immer schnell über das aktuelle Geschehen in aller Welt informiert." „Einfach cool, Alter. Das ist eine tolle Errungenschaft."

Beide beschlossen, am Wochenende zum Einkaufsbummel nach Berlin zu fahren. Alex hatte noch ein paar Mark Waisengeld zum Verjubeln. Martin war seit 14 Tagen Azubi. Die Arbeit im Autohaus war hochinteressant und machte ihm viel Spaß. Er schwärmte von den tollen Autotypen, die er in der Werkstatt zu sehen bekam und machte seinem Freund den Mund wäßrig. „Komm doch mal vorbei und schau dir alles an", lud er Alex ein. „Du wirst große Augen machen, was wir für feine ‚Schlitten' haben."

Sie verabredeten sich für das Wochenende. Zu Hause ging Alex alles durch den Kopf. Sein Freund Martin war ein Glückspilz. Er war natürlich fleißig. Das mußte Alex zugestehen. Nun hatte er es schon so weit gebracht und das war Klasse, obwohl es ihn schon heftig wurmte. Alex, du kannst das auch, dachte er und beschloß, sich intensiv um eine Arbeit zu bemühen. Er wühlte in sämtlichen Zeitungen nach Stellenangeboten. Etwas Passendes war leider nicht dabei. Überall waren nur Fachkräfte mit einer abgeschlossenen Berufsausbildung gefragt. Alex blickte traurig aus dem Fenster. Der trübe Tag schlug auch noch auf seinen Gemütszustand. Er mußte unter Menschen, das pulsierende Leben spüren. Das war gut so. Bei seinem Stadtbummel durch die Innenstadt von Falkensee ging er an einer Autowaschanlage vorbei. Im Vorübergehen las er „Aushilfskraft für sechs Stunden gesucht". Er nutzte die Gunst der Stunde und wurde befristet eingestellt. Die Firma, eine Aral-Tankstelle, brauchte eine Vertretung für einen erkrankten Kollegen, der schon sechs Monate ausgefallen war. Alex strahlte vor Glück. Nun würde auch er bald Geld verdienen und sich dann einiges leisten. Gleich hängte er sich an die Strippe, um Martin diese Neuigkeit mitzuteilen. „Alter, du wirst staunen, ich habe Arbeit bei „Aral" in der Autowaschanlage gefunden." „Ich gratuliere", sagte Martin überrascht. „Nun hat die Gammelei ein Ende, und es zieht Ordnung in dein Leben ein." Alex, der es als Waisenkind nicht leicht hatte, füllte mit großer Freude den neuen Job aus. Gewissenhaft spritzte er die ankommenden Autos ab und kassierte. Meistens bekam er ein paar Groschen Trinkgeld, so daß er zum Feierabend 20 DM extra hatte. Auch Kleinvieh macht Mist, dachte er und bedankte sich bei allen Kunden. Immer fröhlich pfeifend und ein paar freundliche Worte im Gepäck, war sein Markenzeichen und verhalf der Firma zu mehr Kunden. Es war ein schönes Gefühl, etwas flüssig zu sein. Das nutzen die beiden Freunde zu einer Spritztour nach Berlin. Der Kalender zeigte den 25. April 1990, ein Sonnabend, an dem die beiden die Hauptstadt unsicher machen wollten. Martin wartete schon eine halbe Stunde vor dem

Bahnhof. Alex war nicht zu sehen. Gerade als Martin zur Telefonzelle gehen wollte, kam er keuchend angelaufen. „Martin entschuldige, ich habe verpennt." Mit dem nächsten Zug fuhren sie zum Zoo. Sie staunten nicht schlecht, was sie da erlebten. Die Menschen drängten sich in der Ausgangshalle. Obdachlose und Drogenabhängige, die in den Ecken standen oder auf der Erde lagen, gehörten zum Straßenbild. Die Jungen waren berührt. Das gab es in Falkensee noch nicht. Es war ein Bild des Jammers. Das hatte die Wende für die ehemaligen DDR-Kinder mit sich gebracht. So etwas kannten sie nicht. Noch von dem schrecklichen Anblick geschockt, überquerten sie die Straße und folgten dem Menschenstrom, der das Straßenbild bestimmte. Nach einem kurzen Fußmarsch stellten sie fest, daß dies nicht die richtige Einkaufsgegend für sie war. Die kleinen Boutiquen sahen so teuer aus. Mit der S-Bahn fuhren sie nach Charlottenburg, in die Gegend der großen Kaufhäuser. Dort kannte sich Martin gut aus. Gewaltige Menschenmassen drängten sich in die Kaufhäuser, die Gegend war ein geschätztes Einkaufsparadies. Die Jungen schoben sich hinterher. Erst auf der Rolltreppe bei Karstadt konnte man durchatmen. In der Technikabteilung steuerten sie zielgerichtet zu den Fernsehern. Martin wollte wissen, ob sein Gerät hier auch so preisgünstig angeboten wurde. Trotz einer riesigen Auswahl war sein Modell nicht dabei. Alex bewunderte einen kleinen CD-Player. Er war so winzig, daß man ihn in die Hosentasche stecken konnte. Er konnte nicht widerstehen und kaufte ihn. Martin war auch von dem Kauf angetan. Nun waren Klamotten an der Reihe, die der Azubi suchte. Er brauchte dringend neue Jeans und ein passendes T-Shirt. Schon bald fand er das Richtige. Alex erstand verbilligte Adidas-Turnschuhe und war happy über sein Schnäppchen. Nach einer kleinen Stärkung für Leib und Seele landeten sie bei C&A.

Alex brauchte eine Hose, denn die alte war so zerschlissen, daß er sich damit schämen mußte. Beide hatten einen unguten Plan, der an ihre erste Missetat erinnerte. Alex sollte eine Jeans klauen. Martin wollte Schmiere stehen. Wie gedacht, so getan. Beide wühlten in dem Jeansregal und fanden eine passende Hose, die Alex anprobierte. „Die sitzt ja wie maßgeschneidert", begutachtete Martin die Hose. Martin überlegte und sagte dann: „Ganz einfach, du behältst die Jeans an und legst deine alte Hose ins Regal." Das funktionierte. Als sie den Ausgang passiert hatten, begann ein heulendes Geräusch zu ertönen. Alle Leute starrten zum Ausgang. Die Jungen waren in Windeseile geflüchtet. Der Detektiv hatte sie aus den Augen verloren. Mit zittrigen Beinen hatten sie in einer S-Bahnunterführung Zuflucht gesucht. Die Gefahr war vorüber. Hier würde sie wohl niemand vermuten. Beide waren sich einig, das hätte schief gehen können. In der S-Bahn hatten sie noch lange Gesprächsstoff über ihren „englischen illegalen Einkauf" in Berlin.

Martin konnte schon kleinere Reparaturen selbständig erledigen. Sein Meister zeigte sich zufrieden. Auch in der Berufsschule hatte er gute Noten, so daß er seine Lehre vorzeitig beenden konnte. Die Eltern waren glücklich, daß ihr Großer so gut einschlug. Martin hatte gleich nach seinem 18. Geburtstag seine Fahrprüfung erfolgreich abgelegt und durfte gelegentlich mit den Kunden eine Probefahrt machen. Das Auto war rundum ein Traum für ihn. Mit Begeisterung interessierte er sich für alles, was damit zu tun hatte. Immer wenn Alex dienstfrei hatte, schauten sich die beiden Freunde neue Autotypen an. Besonders schwärmten sie für den Audi A4.

„Ein feines Wägelchen", sagte Alex voller Bewunderung. „Wenn ich mal nicht weiß, was ich mit meinem Geld anfangen soll, kaufe ich mir diesen Audi." Die Wochen und Monate vergingen wie im Fluge. Alex wurde gekündigt. Der erkrankte Kollege war zurückgekommen. Nun war guter Rat teuer. Schnell hatte sich Alex daran gewöhnt, Geld zu haben. Er bezog nun Arbeitslosengeld, und das war nicht viel. Wieder wälzte er die Zeitung. Angebote gab es genügend. Immer wenn er sich irgendwo meldete, waren die Stellen schon vergeben. Einmal hatte er großes Glück. Auch er hatte den Führerschein gemacht und durfte auch einen LKW fahren. Probeweise konnte er bei einer Spedition anfangen. Nun war Alex Fahrer eines gewaltigen LKW mit Hänger. Er mußte unterschiedliche Güter ins Ausland transportieren und hatte einen verantwortungsvollen Job. Beifahrer Rudi, schon Mitte 40, war sein Begleiter. Täglich waren die Ritter der Landstraße zehn bis zwölf Stunden unterwegs. Martin war traurig, daß er seinen Freund nur noch selten sehen konnte. Alex hatte immer sein Handy dabei und war jeder Zeit erreichbar. So wurde ständig hin und her telefoniert, das war an den hohen Telefongebühren zu merken. Kommunikation mußte sein, das war Ehrensache. Alex war gerade auf der Fahrt nach Holland, um Obst und Gemüse abzuholen. Da meldete sich Martin. „Stell dir vor, Alter, ich kann ein Ingenieurstudium in Berlin aufnehmen. Im Oktober fange ich an.“ „Prima, Martin, du machst Karriere. Vorher wollten beide noch gemeinsam Urlaub machen und beschlossen, am nächsten freien Wochenende von Alex, ein Reisebüro aufzusuchen. Martin hatte mehrere Kataloge organisiert und schon eine Vorauswahl getroffen. Er interessierte sich für Thailand, Spanien oder Amerika. Alex war einverstanden. Mit diesen Vorstellungen fragten sie die Angestellte des Reisebüros nach Sonderangeboten für diese bevorzugten Reiseziele. „Mal schauen, was sich machen läßt“, antwortete die junge Frau und guckte in ihren Computer. „Wie wäre es denn damit?“ und zeigte auf das Bild einer Hotelanlage. „Nicht schlecht", bestätigten die beiden einmütig. „Wo ist denn das überhaupt?" Das ist in Kuba an einem traumhaften Sandstrand. Kuba ist in diesem Jahr sehr gefragt und dazu sehr preiswert." Die beiden waren sich schnell einig und buchten „14 Tage Varadero AI". Sie waren begeistert von dem bevorstehenden Urlaub in die Karibik. Alex, das Schlitzohr, freute sich und meinte: „Wir brauchen so gut wie kein Taschengeld und können Rum trinken bis zum Abwinken."

Ende April war es so weit. Die beiden 19-jährigen saßen angespannt in der großen Boeing 757. Zehn Stunden Flug lag vor ihnen. Für Alex war es der erste und gleich so ein langer Flug. Martin war schon mal mit den Eltern in Spanien. Alles verlief zu ihrer Zufriedenheit. Sie hatten ein tolles Hotel mit allen Schikanen, Sonne, Strand und Meer. Es waren viele Familien mit kleinen Kindern da. Für Katrin wäre hier viel los gewesen … Alex hatte ein Fitnesstudio entdeckt, alles inklusive. Die Hotelanlage lud zu einem Spaziergang ein. Alles grünte und blühte. Martin staunte über die auffällig großen roten Hibiskusblüten, einfach herrlich anzuschauen. An drei Pools tummelten sich die Badelustigen. Die Kellner liefen geschäftig hin und her, um den Durst der Urlauber zu löschen. Das ganze Flair des Viersterne-Hotels verzauberte alle. Das Meer, das nur wenige Meter entfernt war, glitzerte im Schein der Sonne. Vor dem ersten Bad lockte das Fitnesstudio. Beide Jungen wollten sich noch etwas abstrampeln. Die Schweißperlen, die sich beim Trainieren angesammelt hatten, wurden gleich im Meer abgespült. Das Wasser war lauwarm, unglaublich schön. „Herrlich, das türkis-blaue Meer und der feine Sandstrand", schwärmte Martin und machte es sich auf seiner Liege bequem. „Alter, schau mal links die beiden Blondinen", bemerkte Martin. „Nicht zu verachten", entschied Alex und warf einen kleinen Stein in ihre Richtung. Sie guckten erschrocken und mußten lachen, als sie die Jungen erblickten. „Was soll denn dieser plumpe Annäherungsversuch?“ „Können wir uns zu euch setzen?“ Und schon saßen sie neben den Mädchen, ohne die Antwort abzuwarten. „Woher kommt ihr Schönen?“ fragte Alex unbekümmert. „Aus Thüringen“, klang es einmütig zurück. Ihre Bräune ließ erkennen, daß sie schon länger da waren. „Kommt ihr mit ins Wasser“, fragten die Jungen und rannten voraus. Die Mädchen machten sich vorsichtig naß und zögerten. „Ihr seid wohl wasserscheu oder wartet ihr bis das Wasser 40 Grad hat?“ Ehe sie sich versehen hatten, waren sie naß gespritzt und kreischten laut. Sie merkten nicht, daß sie sich über eine Stunde im Wasser vergnügt hatten. Nach dem Sonnenbad statteten alle vier der Poolbar einen Besuch ab. Ulrike und Miriam, so hießen die jungen Damen, bevorzugten Mokka, während Alex und Martin einen Cocktail mit Rum auswählten. Sie kicherten und schnatterten ohne Ende und leerten ein Glas nach dem anderen, so daß sie fast das Abendessen verpaßt hätten.

Ein reichhaltiges Büfett sorgte für kulinarische Überraschungen. Mehrere Musikanten zogen von Tisch zu Tisch und boten kulturelle Einlagen. Jeden Abend trafen sich die vier an der Poolbar. Dort war eine Bühne, auf der allabendlich ein abwechslungsreiches Programm dargeboten wurde. Der Rhythmus der lateinamerikanischen Tänze ging ins Blut. Die Urlauber waren begeistert.Die Jugendlichen hätten am liebsten mitgetanzt, doch so weit war es noch nicht. Martin holte eine neue Runde Cocktail von der Bar. Alle Drinks waren sehr schmackhaft, doch Pinã Colada war das Wahlgetränk von Ulrike und Miriam. Rasch waren die Gläser geleert, so daß nun Alex für Nachschub sorgen mußte. Nach dem Programm durfte getanzt werden. Beschwingt von den alkoholischen Getränken waren die Urlauber in bester Stimmung und tanzten bis zum frühen Morgen. Gutgelaunt, doch vom ausgelassenen Tanzen erschöpft, verabschiedeten sie sich. Alex und Martin waren begeistert. So schön hatten sie sich den Karibikurlaub nicht vorgestellt.

Nach dem Frühstück war Krafttraining angesagt. Alex wollte kneifen, doch Martin war eisern und zog alle Übungen durch. Beide schwitzten fürchterlich. Sie fühlten sich erst nach dem Duschen erfrischt. Miriam und Ulrike gönnten sich eine Massage. Nach dem Durchkneten von der jungen Kubanerin fühlten sie sich wie neu geboren. Anschließend war Sonnenbaden angesagt. Sie wollten nicht als „Weißkäse" nach Hause kommen. Die Sonne hatte es besonders in dieser Jahreszeit in sich. Trotz intensiver Behandlung mit Sonnencreme mit Lichtschutzfaktor 25 war ein Sonnenbrand nicht ausgeblieben. Miriam zog sich einen Pulli über und blätterte in ihrer Illustrierten. „Viel Klatsch und wenig Wissenswertes", kommentierte sie den Inhalt und reichte Ulrike das Blatt. Die große Hitze von meistens 35 bis 40 Grad machte sie immer durstig. Da halfen nur kühle Drinks aus der Strandbar, die hinter ihren Liegen standen. Ihr Wasserhaushalt mußte reguliert werden. Sie sparten auch damit nicht und ließen ihren Bedürfnissen freien Lauf Sie hatten ja AI gebucht und das war traumhaft. Am Nachmittag war ein Einkaufsbummel in das Stadtzentrum geplant. Vor dem Hotel standen viele Kutschen, die zu einer Ausfahrt einluden. Die Mädchen handelten mit dem Kutscher eine Tour in das Geschäftszentrum aus und nahmen in der Kutsche Platz. Nach einem lauten Peitschenknall ging die Post ab. Die Pferde galoppierten in flotter Fahrt die lange Straße zum Stadtzentrum entlang. Ulrike und Miriam fühlten sich wie zwei Prinzessinnen. Ihre blonden Haare wippten im Fahrtwind. Miriam stieß ihre Freundin an und sagte „Schau doch mal, wer da läuft" und zeigte auf Martin und Alex. Mit lautem Getöse begrüßten sie die beiden. „Halt“, rief Ulrike und forderte die Jungen zum Einsteigen auf. Der Kutscher fuhr an den ärmlichen Hütten der Einheimischen vorüber. Die Kubaner haben viele Kinder. Trotz ihrer Armut machten sie einen zufriedenen Eindruck. Nur wenige Bettler prägten das Straßenbild. Die Mädchen verteilten einige heimische Süßigkeiten an Kinder, die ihnen begegneten. Plötzlich kamen aus allen Ekken Kinder gelaufen. Es wäre fast zu einer Schlägerei gekommen, denn die Bonbons waren nur ein Tropfen auf den heißen Stein. Alle waren schmerzlich beeindruckt von dieser Szene.

Die Urlaubstage vergingen viel zu schnell. Alle konnten braun gebrannt und gut erholt die Heimreise antreten. Auf dem Flugplatz kam die Stunde der Trennung.

Ulrike und Miriam flogen nach Erfurt. Ihr Flieger verschwand zuerst in den Wolken. Die beiden Freunde schauten wehmütig hinterher. Ihre Maschine hatte 20 Minuten Verspätung. Mit den Adressen der Mädchen in der Hand und der festen Absicht, sich im Herbst in Berlin zu treffen, warteten die beiden auf den Start ihrer Boeing auf Gate 4. Beim Abheben saßen sie in Gedanken versunken und dachten an ihren Traumurlaub in Kuba. Gerne hatten sie noch einen Ausflug nach Trinidad oder Havanna unternommen, der weltberühmten Tropicana-Show einen Besuch abgestattet oder die Gedenkstätten von Ernest Hemingway besucht. Leider fehlte ihnen das nötige Kleingeld. „Vielleicht bei der nächsten Kuba-Reise“, sagte Alex scherzend.

Zu Hause war die Aufregung groß, als Urlauber Martin eintraf. Katrin war aus dem Häuschen. Sie hatte ihren großen Bruder sehr vermißt. „Hallo Martin“, rief sie und hängte sich an seinen Hals. „Du bist aber braun geworden!“ „Das ist die gesunde Luft der Karibik, Schwesterchen“, protzte Martin übermütig. „Vielleicht fahren Mama und Papa mit dir auch mal hin.“ „Gewiß“, meinte die Mutter schmunzelnd. Martins kleine Mitbringsel kamen gut an und lösten Freude aus. Mama hatte zur Feier des Tages Bienenstich gebacken. Der Duft des frischen Hefekuchens war Martin sofort aufgefallen. „Toll Mama, du weißt doch, daß ich ihn so gerne esse.“ „Aber nicht naschen“, sagte sie scherzhaft und blickte ihren Sohn lächelnd an. „Ist längst passiert, Mama, du weißt doch, wie scharf ich auf Bienenstich bin. Dein Kuchen ist immer eine Klasse für sich“, lobte er seine Mutter. „Das freut mich, mein Junge.“ Dann verließ sie geschäftig die Küche.

Martin hatte noch eine Woche Urlaub. Oft hörte er laute Musik. Nur gut, daß die Eltern arbeiten waren. Das ganze Haus schallte, so daß Herr Meyer von unten gegen die Decke klopfte. Was der Alte nur hat, brummte Martin vor sich hin und stellte das Radio auf Zimmerlautstärke, um keinen Ärger zu bekommen. Musik kann gar nicht laut genug sein. Nur so kann man sie richtig genießen, dachte er etwas verärgert. Danach suchte er seine Kopfhörer, die nicht auffindbar waren. Wahrscheinlich hatte Katrin sie weggeräumt. Ihr Ordnungsfimmel macht mich noch mal wahnsinnig, typisch Frau, fluchte er. Gegen Abend putzte er sich heraus. Die neuen Klamotten hatten Premiere. Die Haare waren frisch gewaschen und hochgestylt. Martin sah top aus. Er hatte sich mit Alex zu einem Kinobesuch verabredet. Danach sollte es zur Disco gehen. Pünktlich stand Alex am Treffpunkt. Martin kam wie gewöhnlich zu spät. „Heute sind es nur zehn Minuten, du scheinst dich zu bessern“, lobte er Alex. „Laß uns gehen“, mahnte er. Schau mal, wie viele heute dasselbe machen wollen, wie wir. Zum Glück habe ich schon zwei Karten gekauft. Der Film muß gut sein, ich habe mir schon die Bilder angeschaut.“ Es war ein Krimi der schlimmsten Sorte. Eigentlich mochten sie spannende Filme, doch diese wilde Schießerei war auch ihnen zu viel. Martin machte öfter ein Nickerchen und Alex rückte auf seinem Sitz hin und her. Sie waren froh, als sich der Vorhang schloß.

Vor der Disco wollten sie sich noch stärken und steuerten zu einer Pizzeria. Schon draußen duftete es lecker. Es dauerte ewig, bis endlich das Bestellte kam. Alles war so appetitlich angerichtet, daß sich das Warten gelohnt hatte. Mit Heißhunger stürzten sie sich auf das leckere Mahl. „Auf das Grünfutter pfeife ich", sagte Alex und legte die Salatblätter zur Seite. „Gib sie her",wies ihn Martin an. „Ich schicke doch nicht die Vitamine zurück in die Küche", konterte er feixend. Zufrieden und um mehr als zehn Mark erleichtert, zogen sie zum Discokeller. Ohrenbetäubende Musik dröhnte ihnen entgegen. Alex hatte sich mit Tomatensoße bekleckert und mußte in der Toilette den Fleck entfernen. Martin wartete am Saaleingang geduldig. Er hatte schon viele Bekannte getroffen. „He alter Kumpel", rief Felix, ein ehemaliger Klassenkamerad. „An unserem Tisch ist noch Platz". So war auch das gelöst, denn der Saal war knackend voll. Martin und Alex fühlten sich in der Gesellschaft der alten Kumpel wohl. Es gab viele Neuigkeiten zu berichten. „Wer ist denn der schrille Typ mit dem grünen Haarschopf?" fragte Alex seinen Nachbarn. „Keine Ahnung, ich weiß nur, daß er Azubi in einem Frisörsalon ist."Die beiden Freunde hielten nach hübschen Mädchen Ausschau. Martin hatte sich eine kleine Brünette ausgeguckt. „Ist das nicht eine flotte Schnalle?" fragte er Alex und funkelte mit seinen braunen Augen. „Nicht zu verachten", meinte dieser und durchforstete den Saal. Als die Musik begann, bemerkte Martin, daß seine Auserwählte schon tanzte. „Scheiße", rutschte es ihm spontan heraus. Dann machte er einen Rundgang, vorbei an dem Tisch seiner Herzdame. Sie wedelte sich mit einem Bierdeckel Frischluft zu. Es gab noch andere Mädchen, die sein Interesse fanden. In der nächsten Tanzrunde werde ich mitmischen, dachte er und postierte sich in der Nähe der Auserwählten. Schon beim ersten Ton stürzte er zu der Brünetten und führte sie auf die Tanzfläche. Sie war sehr zierlich und noch kleiner als er dachte. Sie wirkte sehr anziehend auf ihn, und der Duft ihres Parfüms verzauberte ihn. Tanzen konnte sie auch. Die Kleine war sehr zurückhaltend und antwortete nur auf Martins Fragen. „Wie heißt du eigentlich?“ wollte Martin nach einer Weile des Schweigens wissen. „Stefanie“, sagte sie kurz und wieder war Ruhe. „Bist du immer so schweigsam?“ wollte Martin wissen. „Nein“, antwortete sie und sah ihn mit ihren blauen Augen an. Da hatte es bei beiden gefunkt. Von nun an redete sie wie aufgezogen. Stefanie war 16 und besuchte das Gymnasium. Nach dem Abi hatte sie vor, Deutsch und Englisch zu studieren. „Pauker willst du also werden“, erkundigte sich Martin voller Interesse. „Wie heißt du denn, und was machst du?“ fragte sie neugierig. „Mein Name ist Martin, ich arbeite im Autohaus Ford.“ „Du bist also technisch interessiert. Ich verstehe nichts von Autos. Ich werde aber gleich den Führerschein machen, wenn ich 18 bin.“ Als Martin wieder an seinen Tisch kam, waren die Freunde schon gegangen. Nur Alex stand noch an der Bar und schwang lange Reden. Sein lauter Ton durchdrang den Saal. „He Alter“, rief Martin und winkte seinen Freund an den Tisch. „Wollen wir gehen? Es ist schon ein Uhr.“ Am Ausgang trafen sie noch Stefanie mit ihrer Freundin, die gerade ein Taxi besteigen wollten. Sie tauschten noch ihre Telefonnummern aus, dann schlenderten die Jungen gemächlich heimwärts. Stefanie hatte Martin beeindruckt. Er war ganz aufgekratzt und konnte nicht einschlafen. Auch an den folgenden Tagen verfolgte sie ihn in seinen Gedanken.

Der Meister hatte schon bemerkt, daß Martin nicht so aufmerksam war wie sonst. Die Reparatur des Mondeo hatte viel länger gedauert wie üblich. „Geht es dir nicht gut?" erkundigte er sich besorgt. „Doch, doch es ist alles ok-.. Ich bin nur ein wenig müde. Gestern war ich in der „Mühle" (so nenne nur ich die Disco). „Das hast du richtig gemacht. In euerm Alter habe ich auch die Nächte durch getanzt." Nach der Mittagspause klingelte das Telefon. „Für dich, Martin", sagte der Chef und reichte das Telefon rüber. „Hallo Stefanie, das ist ja eine Überraschung. Ich rufe von zu Hause zurück. Bis bald." Martin war ganz durcheinander. Der Meister schmunzelte. Er hatte den Braten gerochen. Für die Jugend hatte er viel Verständnis, schließlich war er auch einmal jung und verliebt. Martin und Stefanie telefonierten täglich, oft länger als eine Stunde. Beide waren sehr verliebt, und der Gesprächsstoff ging nie aus. Katrin war sehr neugierig und lauschte manchmal an der Tür. „Schatz, ich liebe dich", gefiel ihr zu gut, so daß sie diesen Satz immer wieder vor sich hin sagte. Fast jedes Wochenende unternahm das Pärchen etwas gemeinsam. Beide gingen entweder ins Kino, zur Disco oder unternahmen einen Stadtbummel. Hand in Hand schlenderten sie durch die verschwiegenen kleinen Gassen ihrer Heimatstadt. Sie waren ein schönes Paar und verstanden sich ausgezeichnet. Alex fühlte sich vernachlässigt und suchte sich neue Freunde. Seine Arbeit als Kraftfahrer hatte er verloren, weil er bei einer Alkoholkontrolle angetrunken erwischt wurde. Sein Führerschein wurde für zwei Jahre eingezogen. Leider war er an jugendliche Rowdys geraten. Die Bande war schon bei der Polizei bekannt. Die Gruppe von acht Jugendlichen, meist vorbestraft, zog Alex in ihren Bann. Täglich dachten sie sich neue Verbrechen aus. Zur Zeit hatten sie es auf Garagen abgesehen, die sie aufbrachen. Sie stahlen alles, was nicht niet- und nagelfest war aus den Autos wie Autoradios, Lautsprecher, Airbag, etc.

In einer Garage war plötzlich ein Alarm ausgelöst worden. Obwohl immer zwei Jugendliche Schmiere standen, waren sie fast aufgeflogen. Ein Einsatzwagen der Polizei, der gerade in der Gegend Streife fuhr, kam herbeigeeilt. Die Banditen konnten sich noch rechtzeitig in den Sträuchern einer Gartenanlage verstecken und so vor der Polizei entkommen. Die Beamten nahmen Fingerabdrücke und rasten davon. Die Übeltäter waren über alle Berge.

Gerade noch einmal Glück gehabt, triumphierten die Ganoven und kamen aus ihrem Versteck. Nun suchten sie eine Tankstelle heim, denn ihre Ausbeute hatte nicht den erwünschten Erfolg. Zwei Jugendliche standen Schmiere, zwei beobachteten den laufenden Betrieb, und einer wartete im geklauten Golf auf die Beute. Die anderen lauerten in der Nähe. Eine junge Frau kassierte einen Kunden ab und verabschiedete ihn mit „Gute Fahrt." Dann sprangen die beiden Maskierten herbei und schossen mit ihren Schreckschußpistolen in die Luft. „Geld her, oder wir legen dich um", riefen sie unmißverständlich und richteten ihre Pistolen auf die Kassiererin. Dann schlugen sie brutal auf die Frau ein und fesselten sie. Mit dem Geld aus der Kasse türmten sie und flüchteten mit dem Golf in das Dunkel der Nacht. Nach kurzer Zeit konnte ein Kunde die stark blutende Frau befreien und ärztliche Hilfe holen. Die alarmierte Polizei verfolgte die Täter trotz einiger Hinweise aus der Nachbarschaft – ohne Ergebnis. Der Überfall auf die Tankstelle war für die Gangster sehr ertragreich. Sie erbeuteten knapp 6000 Mark, die sie sich teilten.

Alex hatte nun wieder Knete, wie er in seiner Gaunersprache zu sagen pflegte. Er fand das faule Leben ganz ok.. Bei einem zufälligen Treffen mit Martin schwärmte er von seinen neuen Freunden und protzte mit seinen vorzüglichen Verdiensten. Martin war schockiert, wie sein Freund aussah, schmutzig und unrasiert, wie ein Gammler. Er schämte sich für ihn. Was mochte das für ein Job sein, in dem er so auftreten konnte? Ein Artikel in der Tageszeitung machte ihn stutzig. „DEA-Tankstelle in der Waldstraße überfallen". Eine versteckte Kamera hatte einige der Banditen fotografiert. Der eine hatte Ähnlichkeit mit Alex. Martin blieb fast das Herz stehen. Das konnte doch nicht sein, daß sein Freund … Er versuchte sich abzulenken. Das konnte nicht sein. Da war sich Martin völlig sicher. Immer wieder schaute er auf das Foto und blieb bei seiner Feststellung, die Ähnlichkeit war verblüffend.

Einige Wochen waren vergangen seit dem Überfall am 10. Mai. Inzwischen war es Sommer geworden. Stefanie war mit ihren Eltern nach Sachsen gezogen und wohnte nun in Eilenburg. Das war für Martin ein harter Schlag. Sie telefonierten in der ersten Zeit oft, doch das wurde immer seltener. Ein Brief ließ ihn dann wissen, daß sie sich dort verliebt hatte. Lange Zeit war er sehr geknickt, zudem er auch Alex als richtigen Freund scheinbar verloren hatte. Ulrike und Miriam hatten auch nichts mehr von sich hören lassen. Es war halt nur eine flüchtige Urlaubsbekanntschaft.

Martin kränkelte in letzter Zeit. Er fühlte sich immer müde und schlapp. Seine Mutter sorgte sich sehr. Seine Hausärztin, Frau Dr. Schindler, scheckte ihn durch. Seine Blutwerte waren ziemlich schlecht. Sie stellte eine Anämie fest und wies ihn stationär ein. Das war ein Schlag für Martin. Im Krankenhaus folgte eine Untersuchung der anderen. Martin zuckte immer zusammen, wenn die Tür geöffnet wurde. Nach zweiwöchiger Therapie mit Eisentabletten war sein HB-Wert immer noch viel zu niedrig. Laufend stand die Laborantin vor seinem Bett, um Blut abzunehmen. Martins Venen waren total zerstochen. Es war kaum noch eine Einstichstelle zu finden. Überall hatte er „Veilchen", wie die Profis sagten. Martin war sehr beliebt bei den jungen Schwestern, die in seinem Alter waren. Im Bett fühlte er sich wohl und machte gerne Witze. Über Besuch konnte er nicht klagen. Die Eltern kamen fast täglich, und Katrin besuchte ihren Bruder auch häufig. Oberarzt Dr. Schimmelpfennig ordnete eine Bluttransfusion an. Blutgruppe 0 die er hatte, war günstig. Da hatte das Krankenhaus genügend Konserven. Die Übertragung war eine langwierige Prozedur. Sie dauerte mehrere Stunden. Laufend kam die Schwester zur Kontrolle und schaute nach dem Rechten. Leider waren die Blutwerte auch danach nicht viel besser. Es folgten noch zwei weitere Übertragungen. Martin war langsam mutlos. Nun lag er schon sechs Wochen im Klinikum. Der Sommer war fast vorbei. Es war Anfang September. Martin dachte an sein Studium, das im Oktober beginnen sollte. Auf Anraten des Oberarztes gab er seinen Studienplatz ab. Er könne sich später noch einmal bewerben, meinte Dr. Schimmelpfennig wohlwollend. Die Gesundheit war das Wichtigste. Das hatte der 19-jährige begriffen. Am 24. September durfte Martin nach Hause. Er war noch etwas wacklig auf den Beinen. Das Krankenhaus hatte er lange genug genossen. Er mußte noch 14 Tage zu Hause bleiben, bevor ihn das Autohaus wieder hatte. Die Kollegen hatten ihn vermißt und besonders sein Meister, der auf Martin große Stücke hielt.

Schnell hatte er sich wieder eingearbeitet. Einige Kunden hatten den freundlichen jungen KFZ- Mechaniker vermißt und angenommen, daß er sich beruflich verändert hat. Der Chef des Autohauses, Herr Schumann, riet Martin einen Meisterlehrgang in Köln zu besuchen. Dieser geht über zwei Jahre und hat noch einige freie Plätze. Mit den Worten „ich werde Sie dafür anmelden", klemmte er sich an sein Telefon. Es hatte geklappt. Martin konnte Mitte Januar an dem Lehrgang teilnehmen.

Viel Neues stürmte auf den jungen Mann ein. 30 Teilnehmer waren in dem Kursus, alle von auswärts. Martin hatte den weitesten Weg. Köln war eine reizvolle Stadt. Der mächtige Dom im Zentrum überragte alles und gab der Rhein-Metropole einen besonderen Reiz. Leider hatte Martin wenig Zeit, um Köln zu erschließen. Der Lehrplan war umfangreich. Alle mußten viel Fleiß und Energie aufwenden, um das Ziel zu schaffen. Manchmal hätte Martin am liebsten alles hingeworfen. Dann sprach er sich Mut zu und dachte, es wird alles nicht so heiß gegessen, wie es gekocht wird und machte weiter. Die ersten Wochen waren die schlimmsten. Dann war er eingefuchst. Das Lernen war für ihn kein Problem. Abends wenn die anderen ins Kino gingen, stürzte er sich auf seine Bücher. Er wollte seinem Chef beweisen, daß er das in ihn gesetzte Vertrauen rechtfertigen kann. An den Wochenenden war Heimfahrt angesagt. Martin freute sich auf seine Eltern und Katrin, die ihren großen Bruder am meisten vermißte. Mama hatte sein Lieblingsessen gekocht und Quarktorte gebacken. Martin war gerührt. „Endlich ertönt wieder laute Musik aus deinem Zimmer“, scherzte der Vater und klopfte seinem Sohn auf die Schulter.

Das erste Jahr des Meister-Kurses war gut überstanden. Das zweite Jahr verging noch schneller. Bald waren die Prüfungen fällig, die mündlich und schriftlich durchgeführt wurden. Martin stand mehr auf mündlich. Da konnte man sich noch korrigieren, schriftlich war nichts zu machen. Was einmal auf dem Papier stand, hatte Gültigkeit. Strahlender Sonnenschein erhellte den Prüfungstag der mündlichen Prüfungen. „Sollte das ein gutes Omen sein?“ fragte sich Martin. Es war so. Ausgeschlafen und gutgelaunt, stand der Prüfling in seinem blauen Anzug vor der Prüfungskommission. Sein Herz polterte vor Aufregung. Die netten Worte des Prüfenden machten ihn zusehends ruhiger und konzentrierter. Sein Redeschwall war so groß, daß er unterbrochen werden mußte. „Danke Martin, Sie haben uns von Ihrem Wissen überzeugt." Glücklich über die erfolgreich beendeten Prüfungen und das Ende des zweijährigen Lehrgangs, konnte er die Heimreise nach Falkensee antreten. Ein Blick aus dem ICE galt zum Abschied der schönen Domstadt am Rhein.

Mit seiner KFZ-Meister-Urkunde in der Hand, begrüßte Martin seinen Chef. „Toll Junge, Gratulation." Dann überreichte er ihm einen Blumenstrauß. „Ich bin stolz auf dich, Martin", sagte Herr Schumann bewundernd. Finanziell war er nun ganz schön gestiegen und konnte sich vieles leisten, wovon er früher geträumt hätte. Gleichzeitig hatte er mit seiner Qualifikation wesentlich mehr Verantwortung. Mit dem pünktlichen Feierabend war es nun vorbei. Wenn die meisten Kollegen längst zu Hause waren, wartete noch eine Menge Arbeit auf ihn. Martin mußte noch einige Kontrollgänge machen, um nachzuschauen, ob alles gesichert ist. Autohäuser waren schon immer ein begehrtes Objekt für Langfinger. Auch an den Wochenenden war er häufig eingesetzt. Der Chef hatte ihn schon wiederholt wegen seiner Einsatzbereitschaft belobigt.

Vor seinen Kollegen war ihm das richtig peinlich. Im Frühjahr sollte er zur Automesse nach Hannover fahren. Darauf freute er sich schon riesig. Täglich las er die Fachliteratur, doch das ersetzte nicht, die neuen Modelle vor Ort bestaunen zu können und zusätzliche Informationen einzuholen. Endlich war es so weit. Gemeinsam mit seinem ehemaligen Vorgesetzten Werner begab er sich auf die Reise. Der Ford Mondeo, den Werner steuerte, brachte sie zum Messegelände. Sie lagen gut in der Zeit und konnten die schicken Modelle in aller Ruhe betrachten, bevor der Ansturm auf die Messehallen begann. „Guck mal“, sagte Werner und zeigte auf einen silber-grauen Opel Vectra. „Der könnte mir gefallen, der hat was unter der Motorhaube und ist auch noch formschön.“ „Ich muß dir Recht geben“, bestätigte Martin und war schon mit seinen Augen bei dem knallroten Ferrari. Der ist eine Nummer zu groß für uns, waren sich beide einig. Auch der grüne Golf fand ihr besonderes Interesse. „Er muß eine gute Straßenlage haben“, meinte Werner. Es gab wahnsinnig viel zu sehen, und es war anstrengend, sich durch alle Ausstellungshallen durchzuschlagen. Todmüde, aber mit vielen neuen Eindrücken, kehrten sie wohlbehalten zurück.

In seinem Zimmer fand Martin eine Nachricht. „Bitte melde dich mal, Alex.“ Martin hatte schon lange nichts von seinem Freund gehört. Er hatte eigene Probleme und war stark angespannt. An einem freien Samstag stand er vor der Tür und klingelte bei Alex. Es dauerte eine ganze Weile bis er endlich öffnete. „Hallo Martin, schön, daß du gekommen bist“, begrüßte er seinen Freund und bat ihn herein. Martin traute seinen Augen nicht. Das Zimmer sah wie ein Schlachtfeld aus. Überall standen leere Bierflaschen umher, Speisereste lagen auf dem Tisch, und das Bett war auch nicht gemacht. Alex sah ungepflegt und verwildert aus, wie ein richtiger „Assi“. „Nimm Platz“, forderte ihn Alex auf. Martin überlegte, wohin er sich in dieser Dreckbude setzen sollte. Dann nahm er auf einem Hocker Platz. Er konnte sich nicht verkneifen, ihn auf den Zustand des Zimmers anzusprechen. „Wie sieht es denn bei dir aus?, Alex. Du hättest doch ein bißchen aufräumen können oder?“ Alex stammelte ein paar unverständliche Worte. „Arbeitest du nicht mehr?“ setzte Martin das Gespräch fort und vernahm, daß er eine anständige Fahne hatte. „Nein, ich lebe vom Sozialamt“, entgegnete Alex kleinlaut. „Meine Miete habe ich auch schon länger nicht bezahlt. Wenn ich nicht bezahle, muß ich hier raus und stehe auf der Straße. Kannst du mir nicht etwas Geld borgen, Martin?“ Nach kurzem Überlegen zog Martin einen Hunderter aus seiner Brieftasche. „Geh doch mal zum Arbeitsamt, dort wirst du gewiß etwas finden, womit du Geld verdienen kannst“, ermahnte er seinen Freund und verabschiedete sich bedrückt.

Seit dem Besuch bei Alex konnte Martin keine Ruhe finden. Er wählte seine Telefonnummer. Eine männliche Stimme meldete sich, die etwas Unverständliches säuselte. Im Hintergrund war es ziemlich laut. Plötzlich klirrte Glas. „Ist Alex nicht da?“ fragte Martin etwas ungehalten. Klick und die Verbindung war unterbrochen. Aufgelegt, so eine Frechheit, ärgerte sich Martin. Scheinbar hatte Alex gleich das Geld für alkoholische Getränke ausgegeben, das für die Tilgung seiner Mietschulden vorgesehen war. Er überlegte, wie er ihm helfen könnte. Auch an den nächsten Tagen war Alex nicht zu erreichen. Martin hörte immer „kein Anschluß unter dieser Nummer“ und begriff daß sein Telefon abgeklemmt sein mußte.

Martin war im Betrieb sehr eingespannt. Es war Urlaubszeit, und er mußte den Chef vertreten. Das war für ihn eine echte Herausforderung. Das Geschäft blühte. So viele Autos hatte Ford seit langem nicht verkauft. Renner war der neue Focus. Zwei seiner Verkäufer waren zu einer Probefahrt unterwegs und schlossen anschließend einen Kaufvertrag ab. Auch die auf Hochglanz polierten Gebrauchtwagen waren ein Verkaufsschlager. „Das war ein Glückstag für das Autohaus“, triumphierte Martin und ließ sich einen Kaffee bringen. Der Chef wird sich freuen, wenn er aus dem Urlaub kommt, dachte er zufrieden und beschloß, pünktlich Feierabend zu machen. Morgen kommen Neuwagen, erfuhr er gerade telefonisch und schickte einen Azubi zu den beiden Verkäufern. Die

Liefertage waren besonders gefährlich und auch den Einbrechern bekannt. Sie hielten sich dann mit Vorliebe in der Nähe des Autohauses auf. Ford hatte sich zur Absicherung Leica, einen scharfen Schäferhund, zugelegt. Er bellte immer, wenn sich jemand abends dem Verkaufsgelände näherte. Der Hund wurde erst abends ins Autohaus gebracht. 14 Neuwagen mehrerer Modelle in unterschiedlichen Farben erreichten das Gelände. Es war Hochbetrieb. Martin begutachtete sie stolz und hätte sich gerne einen davon ausgesucht. Er mußte noch sparen. Die meisten Neuwagen waren bestellt. Schon am nächsten Tag sollten sie abgeholt werden. Es gab alle Hände voll zu tun, um sie zu kontrollieren, ihnen den letzten Glanz zu verleihen und für die Kunden bereitzustellen. Nach Feierabend schritt Martin noch einmal das Gelände ab und stellte fest, daß alles in bester Ordnung war. Leica hatte die Bewachung übernommen. Die Alarmanlage war aktiviert. Martin konnte seinen wohlverdienten Feierabend antreten.

Er machte es sich nach dem Abendessen in seinem Zimmer gemütlich. Durch das geöffnete Fenster strömte die frische Abendluft. Die untergehende Sonne glich einem Feuerball. Einzelne Wölkchen sahen wie kleine Schneehäufchen aus, hinter denen der Mond mit ihnen flirten konnte. Martin betrachtete lange das faszinierende Naturschauspiel. Er war auch romantisch veranlagt und liebte die Gemütlichkeit bei Kerzenschein, doch zur Zeit hatte er kein Glück in der Liebe, nach dem er sich in Gedanken sehnte. Er lehnte dann das Fenster an. Nur in Turnhosen bekleidet, legte er sich auf die Couch und las bei leiser Musik die Tageszeitung. Er informierte sich täglich über das Geschehen in der Welt und las auch mit Interesse den Lokalteil. Überall in der Welt gab es Kriegherde, wie in den arabischen Ländern Irak und Saudiarabien, in vielen afrikanischen Ländern, Tschetschenien, Afghanistan, in Israel und Palästina. Martin brummte schon der Schädel von den Horrormeldungen in der Presse und den schrecklichen Bildern im Fernsehen. Er konnte aber nicht wegschauen, wo Tausende unschuldige Menschen, Frauen und Kinder sterben mussten. Wofür?, fragte er sich und machte sich Gedanken, vielleicht für ein Kind aus einem Krisengebiet, die Patenschaft zu übernehmen. UNICEF schickte doch immer Briefe und machte Werbung für Kinder in Not. Schon viele Prominente hatten Patenschaften übernommen. Martin war fest entschlossen, das auch zu tun. Die Kriminalität wurde im Umland von Berlin groß geschrieben, denn Verbrecher konnten in der Großstadt schnell untertauchen. Wieder las Martin von zwei Einbrüchen ganz in seiner Nähe. Ziel waren immer Einrichtungen wie Schulen, Kindertagesstätten und Betriebe, die über Computer verfügten. Auch Katrins Schule war heimgesucht worden. Die Banditen hatten alles verwüstet. Die Klassenzimmer waren nicht wiederzuerkennen. Sämtliche Klassenbücher lagen im Lehrerzimmer auf dem Fußboden. Einige Seiten waren brutal herausgerissen. Mehrere Computer fehlten. Der Direktor war so stolz, daß seine Schule als erste einen Internetanschluß hatte und nun das. Martin war entsetzt. Was würde Katrin dazu sagen, wo sie so sensibel ist. Seine Schwester war völlig fertig und weinte noch im Bett. Erst Mama konnte sie mit einem Betthupfer und einer Gute-Nacht-Geschichte beruhigen. Martin war früher als gewöhnlich von zu Hause losgegangen, um sich noch eine Zeitung zu kaufen. In der Wochenendausgabe war immer ein langes Kreuzworträtsel, für das er sich interessierte. Mit schnellen Schritten näherte er sich dem Autohaus. Er traute seinen Augen nicht. Das komplette Gelände war nicht wiederzuerkennen. Einige der nagelneuen Autos standen offen, einige waren zerkratzt, mehrere hatten keine Räder und zwei fehlten ganz und gar.

Martin war fassungslos und dachte, er sei in einem falschen Film. Der Schaden war immens. In den geöffneten Wagen fehlten sämtliche Airbags und Radios. Da mußten Spezialisten am Werk gewesen sein. Martin raufte sich die Haare und alarmierte die Polizei. Nach nur zehn Minuten brauste der Streifenwagen mit Blaulicht und Signal herbei. „Das sieht ja hier grauenvoll aus", kommentierte der Polizeikommissar den Einbruchsort. Nach dem ersten gemeinsamen Rundgang wurden noch weitere Schäden festgestellt. Erschrocken sahen die Beamten Leica in einer Ecke tot liegen. Martin konnte den Anblick nicht ertragen und wischte sich die Tränen aus den Augen. Scheinbar war der Hund vergiftet worden. Die Polizisten nahmen einen Wurstzipfel, der neben Leica lag, als Beweismittel mit. Diese Verbrecher waren zu allem fähig. Es dauerte mehrere Stunden bis alles zu Protokoll genommen war. Die Mitarbeiter des Autohauses, die nach und nach eintrafen, konnten das Geschehene nicht begreifen. Bisher hatte das Autohaus immer Glück gehabt. „Ausgerechnet wenn der Chef Urlaub hat, muß uns so etwas widerfahren", stieß Martin mit einem langen Seufzer hervor und machte seinem Herzen Luft. Mehrere Kriminalbeamte sicherten Spuren und legten fest, das Autohaus vorerst geschlossen zu lassen. Martin schickte seinem Chef ein Fax, der in Italien Urlaub machte. Eigentlich wollte er ihm nicht den Urlaub vermiesen, doch davon mußte er ihn in Kenntnis setzen. Erst gegen Mittag meldete sich Herr Schumann, der die bittere Nachricht im Speisesaal erhielt. Ihm war gleich der Appetit vergangen. Er wollte den Urlaub abbrechen und umgehend zurückkommen. Martin beruhigte ihn mit den Worten „Chef, Sie können doch auch nichts machen. Ich habe alles in die Wege geleitet und halte Sie auf dem Laufenden. Trotzdem weiter schönen Urlaub".

Martin war total durcheinander. So kannten ihn die Kollegen gar nicht. Gegen 14 Uhr waren die Ermittlungen der Polizei und Kripo abgeschlossen. Nun kam der nächste Hammer. Die bestellten Kunden wollten ihre neuen Autos abholen. Sie waren schockiert, als sie die traurige Nachricht hörten. Nur zwei Autos konnten termingemäß ausgeliefert werden, ein roter Fiesta und ein dunkelgrüner Focus. Martin versuchte, die deprimierten Kunden zu besänftigen und bot ihnen einen Leihwagen zur Überbrückung an. Er war fix und fertig. Noch nie hatte er den Feierabend so herbei gewünscht wie an diesem Tag. Beim Abendessen gab es nur dieses eine Thema, Einbruch in der Schule und bei Ford. Der Vater schloß nicht aus, daß es da einen Zusammenhang gab. „Wir müssen abwarten, was dabei herauskommt", meinte Martin und verkrümelte sich in sein Zimmer, dem Nervenzusammenbruch nahe. Mit lauter Musik versuchte er, sich abzulenken. Das war der schwärzeste Tag in seiner Laufbahn. Katrin trauerte um Leica, denn sie war eine große Tierfreundin und hatte sich schon immer einen Vierbeiner gewünscht. Häufig hatte sie den schwarzen Pudel der Nachbarin in Pflege.

Nach 14 Tagen meldete sich die Polizei im Autohaus und lud Martin vor. Auf dem Polizeirevier erfuhr er, daß die Beamten eine heiße Spur hätten. Ganz zufällig waren die Polizisten bei einer Routinekontrolle auf eine Sechserbande gestoßen. Die Jugendlichen waren schon teilweise verhört. Durch widersprüchliche Aussagen seien sie noch nicht zum Ziel gekommen. Ein Beamter zeigte Martin verschiedene Fotos und fragte, ob er davon jemand kenne. Sofort erkannte er Alex. Er traute seinen Augen nicht und versuchte, seine Verwunderung zu verkneifen. Er antwortete mit „nein", denn er wollte seinen Freund nicht anschwärzen. Die Vernehmungen wurden intensiver. Auch Haussuchungen wurden angeordnet. Bei Alex fanden die Beamten drei Autoradios und zwei Räder. Martin war entsetzt, als er von dem Ergebnis der polizeilichen Ermittlungen erfuhr. Alles hätte er Alex zugetraut aber nicht so etwas und dann noch in seinem Autohaus. Der Polizei war es gelungen, die Täter zu fassen. Alle saßen in Untersuchungshaft und warteten auf ihren Prozeß. Die meisten waren den Gesetzeshütern bestens bekannt. Martin saß mit dem Chef in der vordersten Reihe, als die Täter in den Saal geführt wurden.

Alle waren gut gekleidet und sahen nicht wie Ganoven aus, obwohl die meisten Wiederholungstäter waren. Martin saß Alex fast gegenüber und mußte ihn immer anschauen. Was war nur aus seinem Freund geworden. Martin verfolgte mit Wehmut den Verlauf der Verhandlung. Alex wurde aufgefordert, den Tathergang in allen Details zu schildern. Er tat es lückenlos in gutem Deutsch. Er schloß mit den Worten: Es tut mir leid.“ Dann nahm er Platz und saß mit niedergeschlagenen Augen da. Er bekam als einziger nur zwei Jahre Haft, während die anderen vier Jahre brummen mußten. Deprimiert wurden die Verurteilten aus dem Gerichtssaal geführt. Alle mußten ihre Strafe in Bautzen absitzen. Martin versuchte, Alex noch einen Blick zuzuwerfen, doch er hatte schon im gepanzerten Polizeiauto Platz genommen. In diese Welt konnte Martin sich nicht hinein versetzen. Er hatte seinen Chef auch nicht eingeweiht, daß sein Freund bei dem Einbruch dabei war. Eventuell könnte er das noch gegen ihn verwenden. Martin war total aufgekratzt und konnte auch nachts keine Ruhe finden.

Im Betrieb lief alles wie gewohnt. Martin hatte als Meister ein eigenes Büro bekommen. Vier Mitarbeiter waren ihm unterstellt. Durch seine kollegiale Art war er sehr beliebt, obwohl er äußerst korrekt war und keine Schludereien durchge-

hen ließ. Großen Wert legte er auf Ordnung und Sicherheit und verließ im Einvernehmen mit seinem Chef fast immer als Letzter den Betrieb. Seit kurzem hatte das Autohaus wieder einen Hund. Hasso, der wachsame Vierbeiner, war der Liebling der Angestellten. Er war ein anhängliches Tier, das aber auch scharf und unnachgiebig sein konnte bei Leuten, die er nicht leiden konnte. Er war in der Hundeschule ausgebildet worden und so dressiert, daß er nur das Futter annahm von Menschen, die ihm vertraut waren. So bestand keine Gefahr, daß er vergiftet werden konnte.
Fast täglich meldete die Tagespresse neue Einbrüche in Geschäfte und auch Privatgrundstücke. Die Polizei war der Einbruchsserie nicht gewachsen. Daraus schlugen die Verbrecher Kapital und hielten die Beamten in Schach. Zahlreiche Streifenwagen waren Tag und Nacht im Einsatz. Auch Zivilfahnder waren zur Verstärkung eingesetzt. Eines Abends machte Martin eine komische Entdeckung. Die Frontscheibe eines Supermarktes war eingeschlagen. Als er näher kam, konnte er erkennen, daß sich im Inneren zwei Gestalten zu schaffen machten. Er guckte und horchte und glaubte seinen Augen nicht zu trauen, als er zwei Jungen so um die 14 erkannte. Ein älterer Passant half Martin, die jugendlichen Einbrecher zu schnappen und der Polizei zu übergeben. Die Jungen hatten ihre Rucksäcke mit Süßigkeiten, Zigaretten und einigen Schnapsflaschen gefüllt und wollten gerade die Flucht ergreifen, als sie festgenommen wurden. Sie waren der Polizeistreife keine Unbekannten. Noch beim letzten Mal kamen sie mit einer Verwarnung davon und wurden ihren Eltern übergeben, nun würde eine härtere Strafe folgen. Die Beamten bedankten sich bei den aufmerksamen Bürgern und brachten die beiden zum Revier.

Katrin fand das Erlebnis ihres Bruders aufregend und wäre auch gerne Zeugin bei der Festnahme gewesen.

Martin verdiente in seinem Job gutes Geld und hatte sich ein kleines Kapital erspart. Sein Fahrrad war zwar schön, doch er liebäugelte schon lange mit einem Auto, zumal er noch an der Quelle war. Für einen Gebrauchtwagen hätte es schon längst gereicht. Er träumte aber von einem nagelneuen Focus, von den Experten „FF“ genannt. Der feurige Flitzer hatte es ihm angetan. Dunkelgrün soll er sein mit vielen Extras. Wenn man schon vom Fach ist, dachte Martin, und hatte dieses Traumauto im Kopf. Er mußte noch zwei Monate sparen, dann wollte er sich seinen Traum erfüllen. Eigentlich hatte er eine Reise nach Mexiko geplant. Entweder Urlaub oder Auto überlegte er und entschied sich, ohne mit der Wimper zu zucken, für das Auto. Diese acht Wochen Wartezeit waren die längsten seines Lebens.

Das Wetter war sonnig und warm. Es lud zum Baden ein. Martin hatte keine rechte Lust, die weite Tour bis zu seinem Badesee mit dem Fahrrad zurückzulegen. Er lehnte sich faul zurück und beschloß zu warten, bis sein Auto da war. Die neue Lieferung war schon seit Wochen angekündigt. Martin lauerte auf den Dunkelgrünen, der wieder nicht dabei war. Die Neuankömmlinge sahen gut aus und waren mit allen Extras ausgestattet.

Nach 14 Tagen war es endlich so weit. Martin konnte es kaum erwarten, bis der dunkelgrüne Ford Focus vor ihm stand. „Ist der toll“, jubelte Martin und betrachtete ihn von allen Seiten. Er hatte alle Extras, die man sich nur denken konnte und ein Navigationsystem. Stolz wie ein Spanier stieg Martin ein zur Probefahrt. Er gab das Ziel an und bekam Anweisungen von dem Bordcomputer, der die Streckenführung angab. Das war phantastisch, einfach imponierend, wie alles funktionierte. Martin sehnte den Feierabend herbei und war an diesem Tag als Erster verschwunden. Er hatte vor, seine Familie zu einer kleinen Spritztour einzuladen. Katrin jubelte, als sie das neue Auto sah. Der Vater betrachtete den tollen Flitzer mit Wohlwollen. „Großer, da komme ich nicht mit, mit meinem alten Golf. Du siehst, wie schön es ist, wenn man sparsam ist und was dabei herauskommt.“ Martin fuhr langsam durch die Stadt, um gesehen zu werden. Er parkte vor einem Eiscafé. „Hurra“, rief Katrin und rannte vor, um Plätze zu suchen. Alle bekamen einen leckeren Eisbecher mit Früchten und Sahne, den Martin spendierte. Der Vater räumte sogar seine Garage für den neuen Focus. „Meinen alten Golf wird so schnell keiner klauen“, dachte er und parkte seinen Wagen vor dem Haus.

Das war ein neuer Lebensabschnitt für den jungen KFZ-Meister. Zukünftig drehte sich nicht nur dienstlich, sondern auch privat nur noch alles um das Auto. Martin konnte nun morgens etwas länger schlafen, seitdem er motorisiert war. Als Autofahrer waren seine Chancen bei der Damenwelt enorm gestiegen. Es kam öfter vor, daß ihm junge Mädchen zuwinkten. Das imponierte ihm, und er beobachtete das Geschehen lustvoll in seinem Rückspiegel. In kürzester Zeit hatte er 2000 Kilometer runter und staunte nur über den Benzinverbrauch. Sein Tank war ständig leer. Da er keine anderen Hobbys hatte, gab er den Löwenanteil seines Geldes für Benzin aus.
Die erste größere Fahrt war zum Wochenende geplant. Es sollte an die Ostsee gehen. Daniel, der gefragte Autoverkäufer, und Martin fuhren auf blauen Dunst los. Beide rechneten sich gute Chancen aus, ohne Voranmeldung eine Unterkunft zu finden. Martin wollte seinen Schlitten einmal auf Touren bringen und testen, was er so bringt. Auf der Autobahn waren 130 Stundenkilometer zugelassen. Das interessierte heute nicht. Der Tacho zeigte bereits auf 190. Bis 200 mußte er unbedingt noch

kommen. Als er 210 anzeigte, freute sich Martin höllisch. Daniel wurde immer bleicher und bat zu bremsen. Martin hörte nicht. Es war ein himmlisches Gefühl so zu fliegen. Er überholte alle Autos und fuhr nur auf der Überholspur. Plötzlich blitzte es. Er war in eine Radarfalle geraten. Martin bremste ein wenig, fuhr aber immer noch viel zu schnell. 200 km war er schon gefahren. Daniel hatte leider noch keinen Führerschein und konnte ihn nicht ablösen. Der Bordcomputer zeigte noch 80 km bis Zinnowitz an. Das war ihr Ziel. Die Gegend kannte Martin aus seiner Kindheit. Mit den Eltern und Katrin hatte er mal in Koserow gezeltet. Sie hatten Zinnowitz erreicht. Nur gut, daß sie eine Klimaanlage hatten. So war es im Auto angenehm. Trotzdem atmeten beide auf, als sie im Freien standen und den ersten Blick auf die Ostsee werfen konnten. Das laue Lüftchen am Strand war angenehm. Die vielen bunten Strandkörbe waren meistens belegt. Es war Mittagszeit, und einige schliefen darin. Die Unentwegten tummelten sich in den Ostseefluten. Viele waren so braun gebrannt, daß man neidisch werden konnte. „Wir müssen das am Wochenende schaffen“, scherzte Daniel und lief mit Martin zum Auto. Nach kurzer Zeit erreichten sie Koserow. „So Daniel, das ist unser liebes, altes Ferienparadies, das ich dir bald vorstellen werde.“ In der Kurverwaltung klappte es auf Anhieb mit einer Unterkunft. Sie mieteten ein kleines Appartement direkt am Strand und buchten Halbpension. Sie waren glücklich und zufrieden. Das Appartement war eine Wucht. Sie hatten sogar einen Balkon und jeder ein Zimmer mit Meerblick. Auch ein Fernseher und der Kühlschrank fehlten nicht. Nach einem Imbiß konnten beide es kaum erwarten, das erste Bad zu nehmen. Das Wasser war ziemlich frisch trotz hoher Außentemperaturen. Martin schüttelte sich vor Kälte. „Schade, daß Meerwasser nicht angeheizt ist“, spöttelte Daniel und sprang in die Fluten. Dann ließen sie sich in ihrem Strandkorb nieder und nahmen einen Schluck aus der Fantaflasche. Martin las in der Zeitung, während Daniel mit dem Fernglas die Schiffe auf dem Meer beobachtete. Ein Steppke hatte eine Burg neben ihrem Korb gebaut und zeigte sie stolz den beiden. „Das hast du aber fein gemacht, du hast Talent", lobte Martin den Kleinen. Seine Mutter grinste und schaute stolz auf ihren Sprößling. Die Gruppe „Pur" gab am Abend ein Konzert. „Da müssen wir hin, die sind geil", meinte Daniel und tänzelte durch das Zimmer. Petrus meinte es gut. So stand dem Open-Air-Konzert nichts im Wege. Menschenmassen drängten sich zu der großen Freilichtbühne am Strand. Ein grelles Lichtermeer kündigte den Ort des Geschehens an. Jugendliche aus Nah und Fern konnten den Auftritt der beliebten Gruppe kaum erwarten. Dicht gedrängt verfolgten die Zuhörer das grandiose Konzert der Band. Sie kreischten und applaudierten mit wachsender Begeisterung, so daß die Musiker immer mehr angeheizt wurden. Die Gruppe kam nicht umhin, mehrere Zugaben zu bewilligen. Daniel und Martin waren in Euphorie. Die anschließende Disco brachte die erhitzten Gemüter auf Hochtouren. Da ging die Post ab. Die laute Musik durchdrang die sternenklare Nacht. Die beiden verabschiedeten sich schon nach wenigen Tänzen. Die lange Fahrt hatte sie geschafft. Sie wollten lieber den Tag am Strand als das Nachtleben von Koserow genießen.

Lange währte ihre Nachtruhe nicht, da wurden sie durch einen lauten Hilfeschrei geweckt. Noch schlaftrunken, taumelte Martin auf den Balkon, um nachzusehen, was draußen los ist. Eine brutale Schlägerei von zwei Jugendlichen hatte die Nachtruhe gestört. Einer der beiden lag blutend am Boden, während der andere immer wieder auf ihn trat und auf ihn einschlug. Martin kleidete sich an und eilte nach draußen.

Er umklammerte den Schläger und wartete auf Daniel, der ihm zu Hilfe gekommen war. Der Typ wehrte sich und trat nach allen Seiten, so daß beide ihre Mühe hatten, nicht Ziel seiner Abwehr zu werden. Daniel rief die Polizei mit seinem Handy. Ein Streifenwagen mit vier Beamten transportierte den Schläger in Handschellen ab und rief für den Verletzten den Notarzt. Der junge Mann blutete so stark am Kopf, daß er noch vor Ort von den Rettungssanitätern und der Notärztin versorgt werden mußte. Mit Blaulicht und Martinshorn wurde er ins nächste Krankenhaus gefahren. Die aufregende Nacht ließ die jungen Männer nicht in den Schlaf kommen. Das Wochenende auf Usedom blieb beiden in guter Erinnerung.

Martin knöpfte seinen blauen Kittel auf. Er schwitzte wie ein Affe. Leider war an Feierabend noch lange nicht zu denken.

Zu Hause überraschte Martin ein Brief von Alex. Der Inhalt stimmte ihn sehr traurig. Sein Freund war total am Boden zerstört und hatte einen Selbstmordversuch hinter sich. Nach einer Blinddarmoperation war er völlig abgemagert und auch seelisch am Ende. Das Gefängnisleben war nicht so leicht zu ertragen. Alex bat seinen Freund, ihn so bald wie möglich zu besuchen, um ihn aus diesem Loch herauszuholen. Martin war fest entschlossen, diesem Wunsch zu entsprechen und plante einen Besuch in Bautzen ein. In Gedanken sah er noch die traurigen Augen seines Freundes, als er aus dem Gerichtssaal geführt wurde. Er billigte keinesfalls die schwere Straftat, doch leid tat er ihm trotzdem. Seitdem waren sechs Monate vergangen, 18 Monate standen ihm noch bevor. Schrecklich, wenn ich mir das so vorstelle, dachte Martin und beschloß, seinem Freund wenigstens moralische Hilfe zu geben. Ein Brief an Alex kündigte den geplanten Besuch an. Mit zitternden Händen hielt der Freund den Brief in der Hand und merkte, daß Martin ein wahrer Freund war, auf den er sich verlassen konnte.

Nun hatte er wieder ein bißchen Hoffnung in seinem tristen Gefängnisdasein.

Mit einem lauten Ruck wurde seine Zellentür aufgerissen. „Alex, es geht in die Werkstatthalle." Die Gefängnisleitung hatte beschlossen, ihn wegen guter Führung als Elektriker auszubilden. Das war ein Lichtblick in seinem traurigen Leben. Alex jubelte innerlich und nahm sich vor, ein guter Elektriker zu werden. Jeden Morgen um sieben wurde er zur Arbeit abgeholt. Sein Lehrausbilder kam gut mit ihm zurecht. Er war willig und fleißig und zeigte sich geschickt. Die Arbeit machte ihm sichtlich Spaß. Schon nach der ersten Woche durfte er kleine Sachen selbständig erledigen. Seine Mitgefangenen sahen ihn gehässig von der Seite an und knufften ihn manchmal. Der Tag verging wie im Fluge. Er fühlte sich nicht mehr so nutzlos wie in den ersten Monaten seiner Haft. Herr Schmieder, sein Lehrmeister, lobte ihn öfter, was sein Selbstvertrauen steigerte.

Martin hatte einen freundlichen Septembertag für die Fahrt nach Bautzen ausgewählt. Sein schnelles Auto glänzte wie am ersten Tag. Er startete das Navigationssystem und fuhr los. 145 km zeigte der Bordcomputer an. Martin rechnete mit gut zwei Stunden Fahrzeit. Während der Fahrt schossen ihm viele Dinge durch den Kopf. Er hatte allerlei Pläne in der nächsten Zeit, die es zu realisieren galt. Schon seit langem suchte er eine passende Wohnung. Er war nun 21 Jahre und wollte sich endlich von den Eltern abnabeln. Dann konnte er Musik hören so lange und so laut er wollte. In der nächsten Woche wollte er dieses Problem ernsthafter in Angriff nehmen. Er suchte eine Zweiraumwohnung mit Balkon. Noch in Umzugsgedanken versunken, zeigte der Computer an, daß er links abbiegen muß und dann schon am Ziel sei. Langsam wurde es Martin etwas mulmig zumute. Er öffnete die große Tür am

Hauptportal des langen Gefängnistraktes und meldete sich beim Pförtner. Nach einer Weile erschien Alex strahlend im Besucherzimmer mit einem Wächter an seiner Seite. Nach einem Händedruck und einer flüchtigen Umarmung ergriff Alex das Wort und dankte Martin für sein Kommen. „Du glaubst gar nicht, wie ich mich über deinen Besuch freue, Alter. Ich hatte dir ja mitgeteilt, wie es mir hier so geht. Seitdem ich arbeiten darf, fühle ich mich bedeutend besser. Mein künftiger Beruf macht mir Freude, und außerdem vergeht die Zeit schneller. Ich zähle schon immer die Monate bis zu meiner Entlassung. Es sind nur noch 16, das ist ein Lichtblick. In einem guten Jahr bin ich ausgelernter Elektriker, so hoffe ich doch." „Das wirst du schon schaffen, Alex, wenn du dich anstrengst. Übrigens bin ich mit meinem neuen Auto, einem dunkelgrünen Ford Focus hier. Wenn du wieder zu Hause bist, machen wir eine schöne Spritztour „Donnerwetter, Martin, du hast es schon so weit gebracht und ich?" Alex guckte traurig und hatte Tränen in den Augen. „Das wirst du später alles nachholen, ganz bestimmt", sagte Martin, um ihn aufzumuntern. Der Wärter zeigte auf die Uhr und mahnte zum Aufbruch. Die Besuchszeit war zu Ende. Martin versprach, bald wiederzukommen und eilte winkend davon. Mit traurigem Blick ging Alex mit seiner Begleitung den langen Gang zu seiner Zelle. Martin war wie benommen. Der Besuch im Knast hatte ihn arg mitgenommen. Nun wollte er erst einmal an sich selbst denken. Schon bald fand er eine ideale Wohnung, zwei Zimmer, Küche, Bad und Balkon. Sie war für ihn wie maßgeschneidert, 56 Quadratmeter. Er lief im Freudentaumel durch die Räume und dann auf den Balkon mit Blick auf eine Gartensparte. Besser konnte es nicht klappen. Auch die Eltern und Katrin fanden die Wohnung toll. Spätestens in vier Wochen wollte er eingezogen sein. Alles war neu tapeziert und das

Bad grün gefliest. Die Eltern halfen beim Einkauf der Möbel und Gardinen. Katrin kümmerte sich um die tausend kleinen Dinge. Alles kostete ein Vermögen. Zum Glück hatte Martin wieder Geld gespart und auf die hohe Kante gelegt. Die helle Anbauwand paßte gut in das Wohnzimmer. Katrin gefiel die hellgrüne Küche so gut, die mit Geschirrspüler und Mikrowelle ausgestattet war. Alles war mit Liebe für den nun eigenständigen Junggesellen hergerichtet. Die duftigen Gardinen gaben den letzten Schliff für ein behagliches Wohngefühl. Martin war stolz auf sein eigenes Heim. Die Wohnung hatte ein gemütliches Ambiente. Katrin brachte einen Korb mit Grünpflanzen. „So Brüderchen, das ist noch der Punkt auf das ‚I'für dein neues Domizil. Hab ich mich nicht angestrengt?" „Auf alle Fälle, Kleine, das hast du ganz vortrefflich gemacht. Ich muß dir ein dickes Lob aussprechen. du hast wirklich Geschmack." „Erst mit Blumen lebt das Heim", sagte Mama und stellte die Pflanzen auf das Fensterbrett. Als alle gegangen waren, betrachtete Martin sein neues Domizil. Die Wohnung war nur eine Querstraße von der elterlichen entfernt, und er konnte nun seine langersehnte Eigenständigkeit genießen. Martin schaute aus dem Fenster. Ein Mädchen mit langen, blonden Haaren steuerte genau auf sein Haus zu. Ob sie etwa auch hier wohnt, rätselte er interessiert herum? Am liebsten hätte er gleich im Hausflur nachgeschaut. Ach was, dachte er, wer weiß, wo sie wohnt. Vielleicht ist sie auch längst vergeben. Nach Feierabend freute sich Martin auf sein gemütliches Heim. Als er die Tür aufschloß, meldete sich eine freundliche Stimme von gegenüber. „Sie sind wohl mein neuer Nachbar, junger Mann?" Martin stutzte einen Moment. Das war doch die Blondine, die er vom Fenster aus gesehen hatte. „Ja", sagte er und reichte ihr die Hand. „Ich bin Martin Zimmermann, Kfz-Meister bei Ford." „Ich bin Caroline Ullrich und Kindergärtnerin.“ Nach einer Weile der Verlegenheit rettete Martin die Situation. „Sie können mich ja mal besuchen, wenn Sie Zeit und Lust haben.“Dann verschwand er in seiner Wohnung. Er hatte sofort Feuer gefangen, ließ sich aber nichts anmerken. Caroline war ihm sehr sympathisch, und er hoffte, sie bald zu treffen. Leider machte sie sich rar. Von draußen war kein Geräusch in der Nachbarwohnung zu vernehmen. Vielleicht ist sie verreist, dachte er und entfernte sich. Nun wohnte Martin schon vier Wochen in der Blumenstraße 3, in einer ruhigen Wohngegend. Alle Mieter außer ihm und Caroline waren Rentner. Während er so grübelte und dabei aus dem Fenster schaute, näherte sich die ersehnte Blondine langsamen Schrittes. Martin schnappte seinen Mülleimer und rannte im Dauerlauf die Treppe hinab. Im Hausflur traf er sie – rein zufällig natürlich. Beide begrüßten sich mit einem freundlichen „Hallo“. Sie haben wohl eher Feierabend gemacht“, begann Caroline das Gespräch. „Wollen wir nicht du sagen, wir sind doch sicher gleichaltrig“, entgegnete Martin und erzählte, daß er Überstunden abbummelt. „Du hast es gut, Martin. Bei meinen Kleinen kann ich nie früher gehen, eher später. Meistens steht noch irgendein Problem an, wenn ich gerade gehen möchte. Ich tue es aber gern. Kinder sind mein Ein und Alles.“ „Hast du heute abend schon etwas vor“, fragte Martin beherzt? „Bisher noch nicht“, antwortete sie und schaute ihn erwartungsvoll an. „Dann lade ich dich ins Kino ein. Was hältst du davon“? „Prima, das ist eine gute Idee. Ich glaube, es läuft gerade ein Film von Edgar Wallace. Sicher ist er gruselig, aber wenn du dabei bist, geht das in Ordnung. Martin schlenderte pfeifend zum Müllcontainer. Das hatte geklappt.

Der Kinobesuch war ein aufregendes Erlebnis. So nahe war Martin seiner Nachbarin noch nie gewesen. Zu gerne hätte er ihre Hand im Dunkeln berührt, doch er hatte Hemmungen. Auf dem Heimweg faßte er dann Mut und nahm Caroline an der Hand. Er merkte, wie sie zitterte. In Gedanken versunken, schritten sie die spärlich beleuchtete Kastanienallee entlang. Plötzlich blieb Martin stehen und zeigte auf den herrlichen Sternenhimmel. Er nutzte die Gelegenheit, um Caroline fest an sich zu drücken und ihr den ersten Kuß zu geben. Dabei spürte er ihre zarten Körper und den Duft ihres betörenden Parfüms. Lange verharrten sie in dieser Stellung und bemerkten nicht einmal, daß ein Mann mit einem Hund an ihnen vorbeigelaufen war. „Komm Martin“, forderte Caroline ihn zum Weitergehen auf und schmiegte sich an ihn.

„Morgen müssen wir beide früh raus.“

Dieser erste gemeinsame Abend, brachte die Lawine ins Rollen. Von nun an waren die beiden ein unzertrennliches Paar. Wenn sich Martin früher abseilen konnte, wartete er vor dem Kindergarten auf seine Caro, wie er sie liebevoll nannte. Manchmal bummelten beide noch durch die Stadt und schauten in die kleinen Boutiquen oder den Supermarkt. Meistens genügten ihnen die Auslagen, denn sie hatten sich vorgenommen, zu sparen.

Einige Monate waren vergangen. Martin hatte ein schlechtes Gewissen, weil er seit seinem Besuch nichts mehr von Alex gehört hatte. Obwohl er höchst ungerne schrieb, verfaßte er einige Zeilen an seinen Freund. Er teilte ihm mit, daß er seit drei Monaten eine feste Freundin hat. Alex war gerührt, als er den Brief las. Junge, du hast es gut. Eine Freundin hätte er auch gerne, aber wer will einen Knastologen als Freund haben?

Alex antwortete postwendend. Er bat Martin, Caroline bei seinem nächsten Besuch mitzubringen. Schon bald planten beide eine Fahrt nach Bautzen. Caroline war etwas beklommen zumute, wenn sie an ein Gefängnis dachte. Nur Martin zu Liebe, war sie dazu bereit. Martin beruhigte seine Freundin mit den Worten „so schlimm wie es draußen aussieht, ist es drinnen nicht“ und schritt mit dem großen Obstbeutel voran. Alex sah gut aus und lächelte die beiden an. „Hallo Alter, hier sind wir und stellte seine Freundin vor. Wir haben dir ein paar Vitamine mitgebracht“ und reichte ihm den Beutel. „Lekker, da kann ich aber leben. Übrigens Martin, du hast einen ausgezeichneten Geschmack“ und betrachtete Caroline. „Danke, Junge, ich habe auch lange gesucht. Wie geht es dir denn so?“ „Danke, ich kann nicht klagen. Gerade habe ich die Facharbeiterprüfung als Elektriker bestanden“. „Alle Achtung, mein Lieber, wir gratulieren. Außerdem habe ich eine eigene Wohnung und Caro ist meine Nachbarin.“ „In vier Monaten habe ich es geschafft, hoffentlich bekomme ich dann Arbeit als Elektriker. „Abwarten und Tee trinken“, meinte Martin. „Mit meiner Hilfe kannst du immer rechnen. Ich lasse doch meinen Freund nicht hängen“. Caroline war angetan von der netten Art des Freundes, konnte aber nicht verstehen, weshalb er auf die schiefe Bahn geraten war. Falsche Freunde, mein Schatz, das ist die einzige Erklärung. Ich fühle mich ein wenig schuldig, weil ich ihn vernachlässigt habe. Alex ist kein schlechter Kerl. Er wird sich bestimmt wieder aufrappeln“.

Martins Eltern drängelten laufend, seine Freundin, von der er so schwärmte, kennenzulernen. Caroline hatte Hemmungen und versuchte den Termin zu verzögern. „Es ist doch halb so schlimm, meine Kleine. Meine Eltern sind liebenswert und reißen dir bestimmt nicht den Kopf ab.“ Martin hatte seine „Alten“, wie er sie liebevoll nannte, und Katrin eingeladen. Als es klingelte, nahm er seine Kleine in den Arm und stellte sie mit den Worten „das ist meine Caroline“ vor. Die Lage entspannte sich schnell an der festlich gedeckten Kaffeetafel.

Die Aprikosentorte, die Caro gebacken hatte, kam an. Katrin langte tüchtig zu und schien sich besonders gut mit Caroline zu verstehen. Die Eltern Zimmermann unterhielten sich angeregt mit Caro und waren erfreut, daß ihr Sohn so ein reizendes Mädchen gefunden hatte. Seitdem wurden die Treffen häufig wiederholt und fanden meistens in der größeren Wohnung bei den Eltern statt. Katrin und Caroline wurden Freundinnen.

Alex wurde pünktlich entlassen. Da er noch keine Wohnung hatte, ließ er sich vorerst bei Martin nieder. Die Freunde verstanden sich so gut wie zuvor. Alex war beeindruckt von dem gemütlichen Heim, das sich sein Freund geschaffen hatte. „Und Caroline erst, die ist eine Wucht, Alter. Ich könnte dich beneiden". Martin nickte zufrieden.

„Nun müssen wir uns auf die Beine machen, um dir eine Wohnung und Arbeit zu beschaffen". Martin hatte eine tolle Idee. Caro zieht bei mir ein und du nimmst ihre Wohnung. Martin grübelte lange darüber nach, wie er seine Kleine von seiner fixen Idee überzeugen könnte. Mit einem großen Rosenstrauß in der Hand, überraschte er sie. Er küßte sie zärtlich und sagte: „Ich liebe dich über alles und möchte dich fragen, willst du meine Frau werden?" Caroline war völlig durcheinander und konnte vor Schreck kaum sprechen. Sie flüsterte das „Ja" Martin ins Ohr. „Ich liebe dich auch wahnsinnig. Wir kennen uns zwar noch nicht lange, ich glaube aber, daß du der Richtige bist, mein Schatz." Im Mai sollte Hochzeit sein. Zimmermanns staunten, daß ihr Sohn so schnell in den Hafen der Ehe steuern wollte, als sie die Neuigkeit als Weihnachtüberraschung erfuhren. Die Eltern hatten ihre zukünftige Schwiegertochter ins Herz geschlossen. Caro war so natürlich und konnte so herzhaft lachen. Der Weihnachtsbaum, eine herrlich gewachsene Nordmanntanne, erstrahlte im Lichterglanz.

Der Duft der Räucherkerzen verbreitete eine anheimelnde Stimmung. Obwohl es erst fünfzehn Uhr war, begann es schon zu dunkeln. „Hm“, sagte Caro und deutete auf den köstlichen Geruch des frischen Hefekuchens und erkannte einen Teller mit Apfelkuchen, der wie immer eine Klasse war. Bei diesem Ausspruch hatte sie bei Mama einen Stein im Brett. Sie scheint häuslich zu sein, dachte sie und freute sich über die gute Wahl ihres Sohnes. Katrin schwärmte von Caros langen blonden Haaren und wich ihrer künftigen Schwägerin nicht von der Seite bis Martin seine Liebste in sein altes Zimmer zog. Hier waren sie endlich ungestört bis der Vater sie aufforderte, mit ihnen anzustoßen. Er füllte die Gläser mit Rotkäppchen-Sekt. Sie tranken mit Caroline Brüderschaft. „Ich heiße Günter“, sagte der Vater „und ich Marianne“, fügte die Mutter hinzu. „Auf euer Wohl, Kinder und unsere Gesundheit“, dann prosteten sich alle zu. Nun war der Bann endgültig gebrochen und es begann eine rege Unterhaltung. „Gleich im neuen Jahr werden wir mit deinen Eltern Kontakt aufnehmen“, meinte Marianne und schaute Caroline an, die in Tränen ausbrach. „Meine Eltern sind vor drei Jahren bei einem Verkehrsunfall tödlich verunglückt.“ Sie schluchzte und konnte sich erst beruhigen, als Martin sie in den Arm nahm. „Das tut uns sehr leid“, sagte Marianne betroffen. Das haben wir nicht geahnt. Wir werden nun auch für dich Eltern sein“ und drückte ihr einen Kuß auf die Wange. „Mein einziger Bruder ist nach Amerika ausgewandert, seitdem habe ich nur selten etwas von ihm gehört, bemerkte sie traurig. Holger, fuhr sie fort, hatte dort Informatik studiert und eine Computerfirma aufgebaut. Er lebt in Colorado.“

Das Weihnachtsfest verlebten die jungen Leute ganz bei den Eltern. Mit einem deftigen Putenbraten verwöhnte Mutter Marianne die nun fünfköpfige Familie. „Lecker, Marian-

ne", lobte Caro die Hausfrau und knabberte genüßlich an ihrer Putenkeule. Du bist wirklich eine Meisterköchin, von dir kann ich viel lernen." „Ja, das ist so", bekräftigte Günter Carolines Lobeshymne, sonst hätte ich es mit ihr auch nicht schon vierundzwanzig Jahre ausgehalten." „Da habe ich ja Glück gehabt", sagte sie scherzend und lenkte das Gespräch auf ein anderes Thema.
Der Winter war recht mild. Frost zeigte sich nur selten. Trotzdem passierte eines Morgens ein Mißgeschick mit unangenehmen Folgen. Auf dem Weg zu seinem Auto stürzte Vater Zimmermann so unglücklich, daß er sich eine komplizierte Fraktur am rechten Bein zuzog. Er mußte mehrere Wochen aus dem Verkehr gezogen werden. Abgesehen von den Schmerzen, tat ihm die Ruhe gut. Mit dem Gehgips konnte er einige Vorbereitungen für die bevorstehende Hochzeit treffen. Seine Frau machte ihm eine lange Liste, die er abarbeiten mußte. Schwierigkeiten bekam er mit der Hochzeitskutsche. Erst nach einigen Fehlversuchen klappte die Voranmeldung zum gewünschten Termin. Der Mai war ein beliebter Heiratsmonat. Am 25. Mai war der große Tag. Caroline hatte mit ihrer Schwiegermutter, die sie liebevoll Nanni nannte, ein traumhaftes Brautkleid ausgesucht. Katrin hatte sich schon für die Nachnutzung angemeldet. Beide hatten es gut vor Martin versteckt. Er durfte es auf keinen Fall vorher sehen, denn das bringt Unglück, wie Nanni wußte. Das Bein von Martins Vater machte immer noch Probleme, obwohl sich die Physiotherapeutin dreimal wöchentlich um eine Besserung bemühte. Immer noch quälten ihn starke Schmerzen beim Laufen, es war auch sehr angeschwollen.

Das Brautpaar war schon sehr aufgeregt, denn der Termin rückte immer näher. Der Polterabend fand in dem Gartenlokal statt, das Martin von seinem Balkon sehen konnte. Während die Mutter noch kleine Blumenvasen auf die Tische stellte, polterten bereits die ersten Gäste. Gerade hatten die Mitarbeiter des Autohauses ein Toilettenbecken mit voller Wucht zertrümmert, das ein mörderisches Getöse machte. Es polterte am laufenden Band, und der Saal füllte sich. Auch Carolines Mitarbeiterinnen aus dem Kindergarten, Nachbarn und Bekannte hatten sich eingefunden. Das Paar stand mit Blumen und Geschenken überhäuft ratlos am Eingang bis Nanni die Initiative ergriff und ihnen beim Einstellen der herrlichen Blumensträuße behilflich war. Es sah aus wie in einer Gärtnerei. Die langstieligen roten Rosen von Martins Truppe waren Spitze und überragten die anderen Gebinde. Katrin legte die Geschenke sorgsam auf den dafür vorbereiteten Tisch, der wohl nicht ausreichen würde, wie sie feststellte. Carolines Bruder hatte auch eine schriftliche Einladung erhalten. Leider hatte er sich nicht gemeldet. „Sicher wird er nicht kommen oder hat die Post gar nicht erhalten“, sagte Caro mit sehr traurigem Unterton. Er war doch der Einzige ihrer einst so glücklichen Familie. Das junge Paar war mit dem Auspacken der zahlreichen Kartons und Päckchen beschäftigt und hielt gerade ein wertvolles Tafelservice von den Ford-Kollegen hoch, kobaltblau mit breitem Goldrand. Da polterte es erneut. Alle Tische waren besetzt. Wer konnte da noch kommen? Martin und Caroline schauten gespannt zum Eingang und erkannten Holger in Begleitung einer Dame. Caro bekam Flügel und umschlang ihren Bruder. „Ich kann es nicht fassen, daß du da bist.“ Dann umarmte sie Mary, die er ihr als seine Verlobte vorstellte. Mit einem freundlichen „Hallo“ grüßte er die Anwesenden. Nun hatte das Brautpaar zu tun, um nicht die Fassung zu verlieren. Die „Amis“, wie Caro die beiden Weitgereisten nannte, fühlten sich sofort wohl in dem Kreis der mehr als hundert Polterabendgäste. Mary, die nur wenige Worte

Deutsch beherrschte, hatte Verständigungsprobleme. Martin und Caro retteten die Lage durch einige Englischkenntnisse aus ihrer Schulzeit. „Mein Brüderchen", sagte die schöne Blondine immer wieder und streichelte ihm über die Wange. Sein Erscheinen war ihr schönstes Hochzeitsgeschenk, obwohl die vielen praktischen Dinge für die Hochzeiter nicht zu verachten waren. Der Discjockey sorgte für beste Stimmung. Alle Männer wollten einmal mit der schönen Braut tanzen, so daß Martin kaum Gelegenheit fand, mit seiner Liebsten zu tanzen. Der Kartoffelsalat und die Würstchen, die belegten Brötchen sowie der leckere Obstteller waren gefragt. Schwiegermutter Nanni sah ein Stück nach dem anderen schwinden. Es war aber genug da. Für die Getränke hatten Martin und sein Vater gesorgt. Von Bier, Wein und alkoholfreien Sachen war genug vorhanden. Alle tanzten bis zum Umfallen. Holger und Mary erfreuten die Anwesenden mit einer Samba, die sie exzellent vortrugen und dafür mit viel Beifall belohnt wurden. Die Gäste rüsteten zum Aufbruch, als es fast Mitternacht geworden war. Die Brautleute kehrten die unzähligen Scherben zusammen und luden sie mit Holgers und Schwiegervaters Hilfe auf einen Hänger. Die Nachtruhe war kurz. Freitag, der 25. Mai war da, der Tag ihrer Hochzeit. Martin blickte aus dem Fenster. Die aufgehende Sonne kündigte einen strahlenden Tag an. Das sollte er auch werden.

Um zwölf war die standesamtliche Trauung angesetzt. Die kirchliche Feier war für 14 Uhr in der Marienkirche, in der auch Martins Eltern getraut wurden, angemeldet. Alles klappte wie am Schnürchen. Katrin und Daniel waren Trauzeugen. Alex hatte einen Kurplatz an der Ostsee und konnte nicht teilnehmen. Martin war etwas traurig darüber, aber es war nicht zu ändern. Caro in einem hellen Kostüm und Martin im hellgrauen Anzug, sahen sehr attraktiv aus. Sie waren ein hübsches Paar, wie auch Holger meinte. Die Standesbeamte hielt eine kurze, gute Rede, die alle Gemüter erregte. Als das feierliche „Ave Maria“ erklang, konnte Schwiegermutter Nanni ihre Tränen nicht mehr zurückhalten und schluchzte so laut, daß es Martin peinlich war. Nach diesem Zeremoniell erwarteten viele Schaulustige das Brautpaar. Beide sahen so glücklich aus und ließen sich bejubeln. Katrin und Mary nahmen ihnen die Blumen und Geschenke ab, die sie dort erhielten. In der Wohnung der Eltern gab es nur ein Sektfrühstück, da nicht viel Zeit bis zur kirchlichen Feier war. Caroline bekam vor Aufregung keinen Bissen runter und trank nur einen Schluck Sekt. Die eingetroffenen Hochzeitsgäste vermißten die Braut. Sie hatte sich mit Nanni und Katrin in das Schlafzimmer der Schwiegereltern zurückgezogen. Das Brautkleid war ein Gedicht. Caro sah wie eine Prinzessin darin aus. Ihre zarte Figur ließ das mit Perlen und Spitze besetzte Georgettekleid noch bezaubernder erscheinen. Der Reifrock unterstrich die Eleganz des Traumes in Weiß. „Nanni steckte den Schleier mit den Blüten an den blonden Haaren ihrer Schwiegertochter fest und betrachtete sie zufrieden von allen Seiten. „Wir können dann“, sagte sie und rief ihren Sohn. Martin brachte den Brautstrauß, ein Bukett aus gelben Teerosen. Fasziniert blieb er vor seiner Frau stehen mit den Worten „Caro, du bist die schönste Frau, die ich kenne“ und küßte sie zärtlich. Die festlich geschmückte Hochzeitskutsche wartete schon mit den drei Blumenkindern und brachte das Brautpaar zur Marienkirche. Die kirchliche Trauung war sehr feierlich. Der Klang der Orgel und das Geläut der drei Glocken trugen dazu bei. Pfarrer Nikolaus ließ sich ausgiebig über den Bibelspruch „Einer trage des anderen Last“ aus. Das wollten beide auch. Der Pfarrer hatte ihnen aus der Seele gesprochen. Nach dem lauten „Ja“ der Brautleute war alles besiegelt. Sie waren ein Ehepaar. Die

Trauringe mit Diamantschliff an ihrer Hand glänzten. Ein langer Kuß, auf den sie so sehnsüchtig warten mußten, folgte. „Nun bist du Frau Zimmermann, meine Liebste“,meinte Martin und drückte seine Frau zärtlich an sich. Die Hochzeitsfeier fand anschließend im Hotel „Ambiente“ statt. Die meisten Damen trugen lange Kleider. Schwiegermutter fiel mit ihrem eleganten lila Taftkleid auf. Katrin kam mit einem schulterfreien rosa Abendkleid. Schwiegervater Günter eröffnete die Feier mit den Worten „Nun sind unsere Kinder unter der Haube, und wir wünschen ihnen alles Glück dieser Welt auf ihrem Weg, der nicht immer mit Rosen bedeckt sein wird. Nun haben wir uns das festliche Hochzeitsmahl verdient.“ Er forderte die Kellner auf, das Menü zu servieren. Man sah den Gästen an, daß sie sich die leckeren Speisen mit Appetit munden ließen. Eine große Tafel mit Geschenken war aufgereiht. Katrin schaute voller Neugier herüber und tuschelte mit Caroline, die sich dicht an ihren Ehemann kuschelte. Ein Meer von Blumen erfüllte den Festsaal mit einem zauberhaften Flair.

Das Trio spielte zum Tanz auf, den das Brautpaar mit einem Wiener Walzer eröffnete. Das war nicht Martins Geschmack, doch er ließ sich nichts anmerken, auch wenn er Caroline mehrmals auf die Füße trat. Die Stunden vergingen wie im Fluge und wurden durch kleine lustige Darbietungen unterbrochen. Viel Spaß gab es beim Luftballontanz. Das war ein Knallen und Kreischen auf der Tanzfläche.

Das Brautpaar war geschafft, denn auch der Polterabend hatte Kraft gekostet. Gegen drei Uhr ging auch den Letzten das Durchhaltevermögen aus. Martin trug seine Caro über die Schwelle ihrer Wohnung und legte sie behutsam auf das Ehebett. Alles andere ging ganz schnell und wie von selbst. Lange hatten sie auf diesen Moment gewartet, auf ihre Hochzeitsnacht.

Ihre nackten Körper klebten fest aneinander. Martin streichelte seine Frau zärtlich über ihren zarten Körper. Sie stöhnten voller Wonne über ihre intime Nähe und schliefen aneinander gekuschelt selig ein.

Der Alltag hatte das junge Paar wieder eingeholt. Eine Hochzeitsreise konnten sie sich nicht leisten. Sie beschlossen zu sparen, um später ein Haus bauen zu können. Auch wollten sie unbedingt ein Baby haben, doch dafür war ihre kleine Zweiraumwohnung zu eng. Ein geeignetes Grundstück suchten sie als Bauland. Grundstücke gab es genug, aber die Preise!

Es war Herbst geworden. Caroline bewegte ihren Mann zu einer Radtour in den Wald, um Pilze zu sammeln, die sie so leidenschaftlich gerne aß. Leider gab es keine, weil es zu trokken war. Deshalb genossen sie die Ruhe des Mischwaldes und die herrliche Färbung der Blätter, die fast noch vollzählig an den Bäumen hingen. Caro sammelte einige Kastanien zum Basteln für ihre Kleinen. Plötzlich entdeckte sie ein verwildertes Grundstück nahe am Wald, das zum Verkauf angeboten wurde. „Schatz, könntest du dir vorstellen, hier zu leben?" fragte sie ihren Mann und zeigte auf das Anwesen. Beim Nähertreten gefiel es ihnen noch besser, und sie erwogen, sich nach dem Kaufpreis zu erkundigen, denn es war ziemlich groß. „So verwildert, sieht es nicht gerade einladend aus , meinte Martin etwas abfällig. Wir können mal unverbindlich nachfragen" und notierte die Telefonnummer. Ein Anruf machte die Sache so gut wie perfekt. Der günstige Preis ließ Familie Zimmermann über so manche Unzulänglichkeit hinwegsehen. Der Kauf wurde schon in der folgenden Woche realisiert. Nun waren beide Besitzer eines eigenen Grundstückes von 800 Quadratmetern. Neben der Fläche für ein Haus, war noch Platz für einen Garten, den Caro sich so wünschte.

Alex hatte sich nach der Kur noch nicht gemeldet. Eines Tages stand er mit Blumen und einem Geschenk vor der Tür. „Hier bin ich, Alter, gerade erst angekommen. Die Kur wurde verlängert“, erklärte er sein verspätetes Erscheinen. „Herzlichen Glückwunsch und alles Gute für den gemeinsamen Lebensweg.“ Dann übergab er das Geschenk. „Wo ist denn die junge Ehefrau?“ „Die muß noch Geld verdienen, wenn ich schon faulenze, Alex. Wir haben uns ein Grundstück gekauft und wollen bauen. Vorläufig aber nicht, wir müssen noch sparen.“ Beide hatten viel zu erzählen und hatten nicht bemerkt, daß Caro ins Zimmer getreten war. Sie war erstaunt, wie gut erholt Alex aussah. Er suchte dringend Arbeit. Martin bot sich an, dabei behilflich zu sein. Er kannte viele Leute und hatte Beziehungen. Alex reagierte auf einige Anzeigen. Immer wenn er sich vorstellte, waren die angebotenen Stellen vergeben. Sicher hatte das mit seiner Gefängnisstrafe zu tun. Alle fürchteten sich vor ehemaligen Knastologen. Alex saß deprimiert in seinem Sessel. Er hatte sich doch vorgenommen, ein neues Leben zu beginnen aber wie? Martin hatte eine gute Nachricht. „Alter“, ich habe Arbeit in einer Elektrofirma für dich.“ Ich wollte dich schon anrufen. Nun bist du mir zuvorgekommen. Alex tanzte vor Freude in seinem Zimmer. Zusammen mit Martin wurde er in der Firma Schottstädt vorstellig. Alex sah in seinem Anzug wie ein Lord aus. Der flotte neue Haarschnitt sorgte dafür, daß er bei Meister Schottstädt gut ankam. Leider ist ja Ihre Vorgeschichte nicht so erfreulich, begann dieser das Gespräch. Vergessen wir das und fangen neu an. Ich hoffe, Sie rechtfertigen das Vertrauen und enttäuschen mich nicht. Morgen früh um sieben erwarte ich Sie, dann regeln wir den Rest. Martin, der seinen Freund begleitet und sich ruhig verhalten hatte, dankte dem Meister, der seinem Freund so geholfen hatte. Alex war glücklich über das so positiv verlaufene Vorstellungsgespräch. „Das müssen wir noch begießen", meinte Martin und schob Alex in eine kleine Eckkneipe. „Zwei Pils". rief er der Kellnerin zu und prostete mit Alex auf das Erfolgserlebnis.

Vor Aufregung konnte Alex kaum schlafen. Mit dem, was er im Knast gelernt hatte, konnte er sich sehen lassen. Er hatte sich gute fachliche Kenntnisse als Elektriker angeeignet. Überpünktlich öffnete er die Tür zur Elektrowerkstatt und wurde schon vom Meister erwartet. Nach einem Rundgang führte er Alex in einen großen Raum mit sechs Arbeitsplätzen und stellte ihn den Kollegen vor, die gerade beim Umziehen waren. „Das ist meine rechte Hand, Elektromeister Kühne", so machte er Alex mit seinem Vorgesetzten bekannt. Er wird dir alles zeigen, was du wissen mußt", und schon war er beim „Du". Das war Alex auch lieber und nicht so förmlich und offiziell.

Meister Kühne stellte noch Peter, Jörg und Karsten vor. „Die anderen schwirren noch irgendwo umher. Wir haben nämlich noch andere Arbeitsräume, die du noch kennenlernen wirst."

Alex war beeindruckt von seiner neuen Arbeitsstätte. Alles war wie geleckt, und die Kollegen waren sympathisch, alle in seinem Alter. Hier kann man es aushalten, dachte er, als er einen Staubsauger zur Reparatur vorgelegt bekam. Mit der Arbeit hatte er keinerlei Probleme. Schwieriger war es, die vielen Schubladen zu unterscheiden, in denen die Zubehörteile aufbewahrt wurden.

Schnell hatte er sich eingelebt, kannte jeden Winkel in der Firma und wußte, wie er die Kollegen zu nehmen hatte. Am besten verstand er sich mit Jörg und Karsten. Beide waren 24 wie er und unverheiratet und suchten eine Freundin. Ein Zeitungsinserat der drei Burschen sollte Abhilfe schaffen. „Alex,

Jörg und Karsten, vielseitig interessiert, suchen weibliche Ergänzung". Täglich schauten sie in den Briefkasten und fanden stapelweise Zuschriften. Bei Karsten, der die größte Wohnung hatte, wurden die Briefe sortiert und ausgewertet. Zahlreiche Verkäuferinnen, Friseusen, Krankenschwestern und Studentinnen meldeten sich. Alex studierte den Brief einer Krankenschwester, deren Foto ihm gleich gefiel. Sie war 22 und OP-Schwester im hiesigen Klinikum. Jörg gefiel eine Bankkauffrau und Karsten eine Friseuse. Sie wollten so bald wie möglich ihre Auserwählten treffen. Alex meldete sich telefonisch bei Anne.

Leider konnte er nur auf ihren Anrufbeantworter sprechen. Schon am nächsten Abend meldete sie sich. Ihre Stimme klang sympathisch. Die erste Verabredung vor dem Kino war aufregend. Gut gekleidet und mit einem kräftigen Schuß Eau de Toilette wartete er am Treffpunkt. Sein Herzklopfen wurde immer stärker. Er drehte die rote Rose in seiner Hand hin und her – vor lauter Nervosität. Er hatte sich so positioniert, daß er nicht gleich auffiel und beobachtete die lange Einbahnstraße, die sie nur nehmen konnte … Ein zierliches Mädchen näherte sich in eiligem Schritt. Das mußte sie sein. Alex kam aus seiner Lauerstellung und ging ihr ein Stück entgegen. „Hallo", ich glaube, du bist Anne", stammelte er verlegen und reichte ihr etwas ungeschickt die Rose. „Ja, das stimmt", entgegnete sie und schaute ihn an. Alex lud sie ins Steakhaus, das gleich um die Ecke war, ein. Anne war einverstanden. „Deinem Brief habe ich entnommen, daß du im Schichtdienst als OP-Schwester arbeitest, begann Alex die Unterhaltung. Das muß ganz schön anstrengend sein oder?" „Das ist nur eine Frage der Gewöhnung und hat auch manchen Vorteil", erwiderte sie schelmisch. Alex betrachtete sie eine Weile und fand, daß sie gut aussah. Er schwärmte schon immer für dunkelhaarige Frauen so wie Anne. Ob auch er ihrem Geschmack entsprach, konnte Alex an diesem Tag noch nicht ergründen. Der Ecktisch, an dem sie sich plaziert hatten, war etwas versteckt und eignete sich trefflich für das erste Rendezvous. Mit einem lieblichen Weißwein, den Anne ausgesucht hatte, stießen sie an. Das Steak mit Champignons und Preiselbeeren war lecker. Der anschließende Kinobesuch war bei Anne nicht eingeplant, doch sie stimmte zu. Der angezeigte Krimi interessierte sie weniger, doch sie ließ sich nichts anmerken. Auch Anne fand an Alex Gefallen. Er war so witzig und unternehmungslustig und funkelte mit seinen braunen Augen, wenn er sprach.

Anne hatte eine ganze Woche Nachtdienst. So war für ein Wiedersehen keine Zeit, und als Ausweg blieb nur ein Telefonat. Beide nutzten diese Chance oft und lange. Es gab so viel zu erzählen, und die Telefonrechnung wurde richtig teuer.

Jörg und Karsten hatten nicht so viel Glück wie ihr Kollege. Sie durchforsteten weiter die Berge von Post nach geeigneten Mädchen. Alex lag auf dem Sofa, als sich Martin meldete und nach seinem Freund erkundigte. Mit Wohlwollen vernahm er, daß sich Alex in der Firma Schottstädt gut eingearbeitet hatte und mit zwei Kollegen befreundet war. „Denkmal Martin, ich habe über eine Kontaktanzeige eine nette Krankenschwester kennen gelernt." „Das freut mich für Dich", sagte Martin zufrieden, während Alex von seiner Anne schwärmte, so daß Martin neugierig wurde. „Besucht uns doch mal", beendete der Freund das Telefonat.

Alex hatte eine schwere Last auf seiner Seele. Er mußte Anne klaren Wein einschenken und ihr seinen zweijährigen Gefängnisaufenthalt gestehen, bevor sie von anderen aufgeklärt wurde. Er grübelte lange, wie er ihr das beibringen könnte. Alex wartete am Stadtgraben, unweit der langgezogenen

Kastanienallee. Anne trug ein weißes Kleid mit Blümchenmuster, das sie gut kleidete. Er mußte sie immer wieder anschauen. Ihre großen blauen Augen hatten eine magische Anziehungskraft auf ihn. Während des Spaziergangs blieb er plötzlich stehen. „Was ist los?“ fragte Anne Ehe sie sich versah, hatte Alex ihr den ersten Kuß gegeben. Es schien ihr zu gefallen. Sie schmiegte sich an ihn, und es folgten noch viele Küsse an diesem herrlichen Nachmittag im Juni. In dem beliebten „Eiscafé Krüger“ kehrten sie ein.

Martin hatte große Baupläne. Architekt Lange, der ihm empfohlen war, hatte mit den Zimmermanns den Bau ihres Hauses eingehend besprochen. Die Finanzierung regelten Martin und sein Vater über Kredite von ihrer Hausbank, die Eigenheimzulage und einen günstigen Bausparvertrag sowie die Lebensversicherungen der beiden Eheleute. Ihr Heim sollte sechs Zimmer, zwei Bäder und eine große Terrasse haben und auch unterkellert sein. Jeden Tag nach Feierabend war Martin auf dem Grundstück anzutreffen. Caro war manchmal richtig sauer, daß sie ihren Mann kaum noch sah. Abends sank er total erschöpft ins Bett. „Liebst du mich eigentlich noch?“ wollte sie eines Abends wissen. „Aber natürlich, mein Schatz, wie am ersten Tag.“ Er küßte sie lange und leidenschaftlich wie in alten Zeiten. Der Bau machte täglich Fortschritte. Nachdem das Fundament gelegt war, wurden die Außenwände hochgezogen. „Wir können wohl bald einziehen“, meinte Caro scherzhaft, als sie den Neubau betrachtete. „Das dauert schon noch einige Zeit“, erwiderte der Bauleiter. Das Richtfest stand vor der Tür. Alex und Anne hatten ihren Besuch bei Zimmermanns angemeldet. Beide erwarteten gespannt das Paar. Caro hatte Weingläser und Knabbergebäck vorbereitet. „Schön, daß Ihr gekommen seid“, begrüßte Martin die beiden und rief seine Frau. „Ich bin immer der Quertreiber durch meinen Schichtdienst“, entschuldigte Anne das verspätete Treffen. Alex hatte schon wiederholt gedrängelt. Die zwanglose Unterhaltung wurde durch manche Lacher von Anne unterbrochen, die sich über Martins Anekdoten vom Autohaus ausschütten konnte. Anne hatte sich gut eingeführt. Ihre natürliche Art machte sie liebenswert. Sie gestand, daß auch sie wie die beiden Freunde die Curie-Schule besucht hat. Beide staunten, denn Anne war ihnen nicht aufgefallen. Es gab eine Menge Gesprächsstoff über die alten Pauker und ihre Marotten. Martin lenkte die Unterhaltung auf ein anderes Thema und berichtete über ihr Grundstück. Alex staunte Bauklötze. Martin schlug vor, das Anwesen zu besichtigen. „Man sieht ja schon eine Menge“, fand Alex und musterte das Umfeld. Schön gelegen, fast wie ein Erholungsgebiet. Hier kann man gut abschalten und dem Lärm des Stadtverkehrs entkommen“, witzelte Alex mit seinem Schalk in den rehbraunen Augen. „Das ist auch nicht umsonst der Blütengrund, mein Lieber, warf Martin stolz ein. Das wird noch mal die vornehmste Gegend. Ich habe gehört, daß es mehrere junge Leute gibt, die scharf auf unsere Wohngegend sind. Genug Platz ist jedenfalls vorhanden. Es gibt noch jede Menge Arbeit, bis alles so ist, wie wir uns das vorstellen. Ich hoffe doch, daß du uns dabei hilfst, Alter.“ „Gewiß doch“, bestätigte Alex und klopfte Martin vertrauensvoll auf die Schulter. Die Notbeleuchtung gestattete sogar, einen Einblick in den Garten, den sich die beiden Frauen in Gedanken vorstellten. „Hier soll die Terrasse hin“, meinte Martin und zeigte auf einen Platz, der mit Bausteinen zugestellt war.

Das Richtfest lag hinter ihnen. Die herrliche Richtkrone begann zu verwelken. Die Dachdecker waren dabei, die langen Dachbalken in die Höhe zu ziehen. Alles verlief genau nach Plan, so daß der Bauherr zufrieden sein konnte. Die Maurer begannen, die Zwischenwände zu ziehen. Man konnte sich langsam die einzelnen Zimmer vorstellen, die sie bald bewohnen sollten. Alex hatte zugesagt, die Elektrik zu installieren. Dafür blieb ihm nur das Wochenende. Anne hatte Dienst und vermißte ihren Alex daher nicht. Er hatte sich während seiner Haftzeit bestens qualifiziert und war in seinem Fach perfekt. Martin staunte immer, wie akkurat er arbeitete. Meister Schottstädt war mit ihm sehr zufrieden und hatte ihn sogar mit einer Prämie ausgezeichnet. Das Geld hatte er gespart, um für sich und Anne eine Wohnung einzurichten. Die ehemalige Wohnung von Caroline war zu eng. Insgeheim schmiedete er sogar Heiratspläne, von denen Anne nichts ahnte. Vorher mußte er ihr noch eingestehen, daß er zwei Jahre gebrummt hatte, aber wie? Alex wartete auf eine passende Gelegenheit, die er immer wieder hinaus schob.

Auf dem Heimweg nach einem Kinobesuch faßte er Mut und offenbarte ihr alles. Anne war schockiert. Sie brachte kein Wort heraus. „Nun willst du bestimmt nichts mehr von mir wissen“, unterbrach er das Schweigen. „Das ist schon eine harte Nuß“, fuhr Anne fort. Ich hoffe aber, daß du daraus deine Lehren gezogen hast und nie wieder in solch eine schlechte Gesellschaft gerätst. Ich werde dir dabei helfen, Alex.“ Dann küßte sie ihn, und das Thema wurde zu den Akten gelegt. Er war sichtlich erleichtert. Eine Zentnerlast war von ihm genommen und Anne hielt zu ihm.

Es war Herbst geworden. Das Haus war bis auf einige Innenarbeiten fertig. Martin und Caro gingen durch alle Räume. Alex hatte gute Arbeit geleistet und viele Stunden seiner Freizeit geopfert. Tapeten lagen in sämtlichen Zimmern und warteten darauf, an die Wände geklebt zu werden. Martins Vater hatte sich darauf spezialisiert. Er schnitt die langen Bahnen zu, die Martin mit Kleister bestrich und Alex anklebte. Das

Trio arbeitete Hand in Hand. Caro fegte die Tapetenreste zusammen und putzte mit ihrer Schwiegermutter die Fenster, an denen noch der Klebstoff der Verpackung heftete. Die Schweißperlen liefen allen von der Stirn. „Arbeit schändet nicht“, bemerkte Alex und trocknete sich ab. Nanni rief zur Pause und reichte Kaffee und einen Imbiß. Martin verschloß den Eingang und war froh, daß so viel geschafft war. Die meisten Möbel waren bestellt und standen abholbereit im Möbelhaus. Caro bevorzugte Schränke im antiken Stil, die für das große Wohnzimmer bestimmt waren. Die Küche war ein rustikales Modell. Caro hatte sich auch eine praktische Arbeitsplatte ausgewählt. Auch die Gardinen waren gekauft und von der fleißigen Nanni genäht worden. Sie half, wo sie nur konnte und hatte ihren eigenen Haushalt in der letzten Zeit sehr vernachlässigt. „Der Staub bleibt“, sagte sie lachend und arbeitete weiter. Martin drängte, Feierabend zu machen. „Morgen ist auch noch ein Tag“, meinte Caro. Völlig erschöpft fielen die Zimmermänner in tiefen Schlaf und hatten nicht einmal das schwere Gewitter in der Nacht gehört. Sie wunderten sich nur über das hinein gelaufene Wasser in ihrer Küche. Sie hatten vergessen, das Fenster zu schließen. „Pech“, meinte Caro und begann zu wischen. Es war schon neun Uhr und um zehn wollten sie im Blütengrund sein. Beide waren zufrieden und glücklich trotz der vielen Schulden, doch daran wollten sie nicht täglich denken, denn andere Leute hatten die auch. Alex und die Eltern standen ungeduldig seit 20 Minuten vor dem verschlossenen Haus. „Entschuldigt bitte, wir haben verschlafen“, druckste Martin kleinlaut herum und öffnete die Tür.

Es waren noch einige Einsätze nötig, um das Haus für den Einzug vorzubereiten. Ende September war es so weit. Ein großer Möbelwagen holte die Sachen aus der Blumenstraße ab, die in das neue Haus kamen. Alles andere kam auf den Sperrmüll. Katrin, die nun Veterinärmedizin studierte, hatte sich auch eingefunden. Sie war beeindruckt von dem guten Geschmack ihres Bruders. Die Küche war der Traum von Schwiegermutter Nanni. Sie liebäugelte mit dem Geschirrspüler, den sie noch nicht hatte. Eine gemütliche Sitzecke machte das Reich der Hausfrau zu einer Oase. Martin hatte noch einen Trumpf im Keller, den er erst später ausspielen wollte. Das war sein Reich, in das er sich zurückziehen wollte. Die drei unteren Räume sollten Party-, Fitnessraum und Trockenraum werden. Im Heizungskeller hatten Gerätschaften ihr Domizil.

Bis auf Kleinigkeiten war das Haus komplett eingerichtet. Selbst an ein Kinderzimmer war gedacht worden. Es wartete nur darauf, bewohnt zu werden. Martin dankte den fleißigen Helfern und füllte die Sektgläser. Alle tranken auf ein glückliches Leben von Martin und Caroline im Haus am Blütengrund. Alex bezog mit Anne Martins alte Wohnung, die sie noch einrichten mußten. Nach dem Umzugsstreß konnte sich Martin wieder besser den Aufgaben im Autohaus widmen. In der letzten Zeit war sein Chef durch seine heimtückische Krebserkrankung öfter ausgefallen.

Die Chemotherapie, die ihm helfen sollte, machte ihm schwer zu schaffen. Er war nicht mehr der vitale Mann, den Martin kennengelernt hatte, sondern von seiner Krankheit gezeichnet. Die Ärzte gaben ihm nur noch wenige Monate. Eines Tages rief Herr Schumann Martin in sein Büro. „Martin, ich möchte, daß du meine Firma übernimmst. Du weißt, daß ich keine Kinder habe, deshalb möchte ich dir das Autohaus überschreiben.“ Martin traute seinen Ohren nicht und stammelte: „ja aber ...“ Der Chef bekräftigte „das ist mein letzter Wille und dabei bleibe ich. Du warst immer für mich wie ein Sohn, deshalb schenke ich dir dieses große Vertrauen. Ich habe nicht mehr lange zu leben und möchte, daß mein Werk von dir fortgesetzt wird.“ Martin war fassungslos, so war er überwältigt. Mit allem hätte er gerechnet, nur nicht damit. Von nun an war er noch korrekter als sonst. Er wollte seinen kranken Chef nicht enttäuschen und versuchte ihm jeden Wunsch von den Augen abzulesen. Nach Feierabend fuhr er Herrn Schumann immer nach Hause, um jede kleinste Anstrengung von ihm abzuwenden. Caroline war gerührt von diesem Plan. Es tat ihr so leid, daß der nette Chef so schwerkrank war und keine Rettung möglich war. Die Überschreibung des Autohauses war für Martin ein Glückstreffer. Für ihr Haus mußten sie einen hohen Kredit aufnehmen, den sie nun leichter tilgen konnten.

In der letzten Zeit fühlte sich Caro nicht so gut. Martin schob es auf die anstrengende Zeit, die mit dem Bau und Umzug zusammenhing. Das schmuddelige Herbstwetter trug auch dazu bei, war aber nicht der Hauptgrund. Unlustig und übel gelaunt, ging sie ihrer Arbeit nach, die ihr sonst so viel Spaß machte. Als sie sich eines Morgens übergeben mußte und auch die Periode ausgeblieben war, wußte sie was los war. Ohne Martin ein Wort zu sagen, verschaffte sie sich bei einem Gynäkologen Gewißheit. „Ich gratuliere, Frau Zimmermann, Sie sind im dritten Monat schwanger“, stellte Dr. Schreier fest und verabschiedete seine Patientin. Am liebsten hätte sie Flügel bekommen, so freute sie sich. Bis zum Abend mußte sie ihr süßes Geheimnis für sich behalten. Sie hätte die ganze Welt umarmen können. Sie betrachtete ihren Bauch vor dem großen Spiegel im Schlafzimmer. Es war noch nichts zu sehen, obwohl ihr Dr. Schreier schon ein Ultraschallbild ihres Kindes gegeben hatte. Immer wieder betrachtete sie das Foto. Eigentlich konnte sie nicht viel darauf erkennen. Vielleicht sah Martin mehr. Endlich kam er. Die Zeit des Wartens kam ihr wie eine Ewigkeit vor. „Hallo Schatz, ich habe eine Überraschung für dich“ und hielt ihm das Bild hin. „Was ist denn das?“ fragte er ungläubig. „Das ist unser Baby.“ „Nein, das ist nicht wahr.“ „Doch Schatz, ich bin im dritten Monat schwanger.“ Martin strahlte vor Glück und küßte Caro lange, das war alles ein bißchen viel für den jungen Ehemann, erst das Autohaus und dann das Baby. Er hatte zu tun, daß er alles in die Reihe bekam. Caroline teilte nun ihrer Chefin mit, daß sie schwanger war und im Juni ein Baby erwarten würde. „Ich freue mich für Sie, Frau Zimmermann und weiß nun Bescheid. Dann kann ich mich rechtzeitig um eine Vertretung bemühen.“ Caro war erleichtert, daß sie sich alles von der Seele geredet hatte. Ein Besuch bei Martins Eltern war fällig. Sie sollten die frohe Kunde doch nicht telefonisch erfahren und das bei ihrem ersten Enkelkind.

Ganz gegen ihre Gewohnheit kamen die jungen Eheleute mitten in der Woche ohne Vorwarnung. Der Kaffeetisch war abgeräumt, und Martins Mutter wollte gerade Zeitung lesen als es klingelte. „Wenn man vom Teufel spricht, kommt er“, begrüßte der Vater die Kinder. Was führt euch denn zu so ungewöhnlicher Stunde zu uns?“ „Eine gute Nachricht, Papa“, antwortete Martin. „Ihr werdet Großeltern“. Etwas ungläubig schauten beide zu Caroline, die nickte. „Das ist ja wunderbar, wir gratulieren. Wann ist es denn so weit?“ „Erst im Juni“, antwortete die werdende Mutter. Katrin wurde gleich abends eingeweiht. Sie freute sich riesig und bot sich als Babysitter an.

Alex gefiel Martins alte Wohnung, zumal er ihm mehrere alte Möbelstücke und die Gardinen überlassen hatte. Meister Schottstädt war angetan von Anne, die einen guten Einfluß auf ihn ausübte. Er konnte eigentlich an Alex nichts bemängeln und lobte seine zuverlässige Arbeit. Alex hatte auch gelernt, mit Geld umzugehen. Die früheren Zechabende waren für ihn ein Fremdwort geworden. Seine damaligen falschen Freunde hatte er aus den Augen verloren. Sicher waren sie längst auf freiem Fuß. Anne hatte etwas Geld gespart, das sie für die neue Wohnungseinrichtung brauchten. Beide kannten sich nun schon neun Monate. Alex war ein ganz anderer Mensch geworden, wie sein Freund erfreut bemerkte. Als Anne erschöpft von ihrem Nachtdienst kam, hatte Alex eine Überraschung. In seiner Aktentasche suchte er aufgeregt nach einem Schriftstück und reichte es Anne, die es nicht glauben konnte. Alex hatte eine Reise nach Tunesien gebucht. Anne war Feuer und Flamme. Der Urlaub wurde vom Krankenhaus bewilligt, denn das war ihre größte Sorge. Schon in drei Wochen sollten sie in Nordafrika sein. Alex hatte eine noch größere Überraschung für seine Anne. Mit einem großen Rosenstrauß machte er seiner Herzdame einen Heiratsantrag. Anne war hochrot im Gesicht vor lauter Aufregung und willigte gerührt ein. „Wir könnten doch noch vor unserer Reise heiraten, was meinst du, Schatz? Wir machen keine große Feier und fahren gleich in die Flitterwochen." Anne fand die Idee gut und war einverstanden. Einen Tag vor dem Abflug fand die standesamtliche Trauung statt. Nur Martin und Jörg aus der Firma nahmen teil. Beide sahen festlich aus, Anne in hellgrauem Kostüm und Alex in gleichfarbigem Anzug. Nach der Hochzeitszeremonie hatte das Brautpaar Zimmermanns und Jörg zu einem Sektfrühstück eingeladen.

Alles verlief programmgemäß, und das Paar war glücklich. Nach einer kurzen Hochzeitsnacht standen beide schon gegen vier Uhr in Schönefeld, denn ihr Flug AX 367 stand für 5 Uhr 24 auf dem Plan. Anne konnte nichts essen, als die Flugbegleiterin mit dem Frühstück vor ihr stand. Als Flugdebütantin war sie schrecklich aufgeregt. Die überstürzte Hochzeit und die Reise, das war alles zu viel für sie. Alex nahm sie in den Arm und riet ihr, „mach die Augen zu und schlafe ein wenig, das wird dir guttun.“ Der knapp vierstündige Flug verlief schnell und schon befanden sie sich in der Empfangshalle in Monastir. Die Busse vor dem Flughafengebäude brachten die 270 Urlauber in ihre Hotels. Die Gegend sah ärmlich aus. Viele Menschen lungerten am Straßenrand. Das machte sicher die große Hitze, die sie schon beim Aussteigen empfunden hatten. Anne schaute auf ihren Ehering, der glänzte. Mit 22 war sie schon Ehefrau. Sie konnte es noch immer nicht fassen. Ihre Eltern waren völlig ahnungslos und wußten nur von Alex und mehr nicht.

Mit dem Hotelzimmer hatten sie Glück. Sie schauten auf den mit vielen Palmen und Blumen bewachsenen Hotelpark, an den das Meer grenzte. „Schau doch Alex, ist es hier nicht märchenhaft?“ rief sie begeistert. Während Anne auspackte, probierte Alex den Fernseher aus. Nur SAT und RTL bekamen sie als deutschsprachige Sender. CNN geht vielleicht auch noch, denn sie hatten einige Schulkenntuisse in Englisch. Alex bekam große Augen, als er die Minibar entdeckte, winkte aber ab beim Lesen der Getränkekarte. „Das sind Wahnsinnspreise, unbezahlbar für uns, Schatz“.

Das Meer reizte die Badelustigen mit ca. 25 Grad Wassertemperatur. Es war einfach himmlisch! Anne ließ sich treiben, und Alex folgte ihr. Auf der Liege am Pool waren beide eingenickt und erwachten durch das Miauen einer Katze, die sich unter Annes Liege gelegt hatte. Die hohe Sonneneinstrahlung bei 35 Grad hatte unangenehme Auswirkungen gezeigt – trotz Sonnenschutz. Anne war rot wie ein Krebs, so daß Alex erschrak. Zunächst merkte sie nichts, doch am Abend im Bett ging es ihr dreckig. Vor Schmerzen konnte sie sich nicht drehen und hatte fürchterlichen Schüttelfrost. Alex lief ratlos im Zimmer hin und her und suchte die Medikamententasche. „Gott sei Dank, hier ist sie“, dann reichte er ihr Aspirin und ein Glas Wasser. Anne schlief fest ein. Sie mied an den folgenden Tagen die Sonne und zog sich nach dem Baden einen Pulli über. Ihre Haut hatte sich beruhigt.

Auf dem Balkon fühlte sie sich wohl. Gerne las sie ihren spannenden Roman, während ihr Mann Fußball guckte. „Die Bayern haben gewonnen“, jubelte er und trat auf den Balkon. Mit einem freundlichen „Hallo“ wurden sie von den Balkonnachbarn begrüßt. „How are you?“ „Thank you, we are happy“, antwortete Alex. Es war eine englische Familie mit einer kleinen Tochter. Leider konnten sie kein Deutsch. Alex versuchte mit seinen spärlichen Englischkenntnissen, die Unterhaltung fortzusetzen und sagte: „We are from Germany, but we have no children. We are just married.“ Da war die Freude groß. Anne erfuhr, daß die Familie aus Manchester war. „That is the town from David Beckham“, ergänzte Alex. Yes, yes, antwortete der Engländer und stellte sich mit Harry vor. Seine Frau Jane hielt die kleine Julie, die sich an die Mutter schmiegte, auf dem Arm. „See you later.“ Dann zogen sie zum Strand.

Alex war erstaunt, wie gut sie sich mit den Engländern verständigen konnten. Bei einem Rundgang im Hotel entdeckten sie einen Laden mit Zeitungen und Badeutensilien. An der Poolbar blieben sie hängen und testeten einen Cocktail. „Sehr lecker“, fanden beide, wollten aber am Tag lieber bei alkoholfreien Getränken bleiben. Am Pool lernten sie ein junges Paar aus Halle kennen, mit dem sie sich anfreundeten. Marion und Uwe waren schon eine Woche in Tunesien und kannten sich schon gut aus in Hammamet. Als Frühaufsteher waren sie zeitig am Pool und hielten für die Bekannten aus Falkensee schattige Liegen unter einer Palme frei. Die Hallenser waren längst abgereist, als Alex verunglückte. Er stürzte beim Spaziergang über einen Baumstumpf und brach sich das linke Bein. Mit einem Gipsbein und zwei Stützen beobachtete er wehmütig die Badelustigen am Pool. „Es gibt Schlimmeres“, tröstete Anne ihren Mann und gab ihm einen Kuß. Die Abschiedsparty hatten sich beide anders vorgestellt, leider!!! Meister Schottstädt war nicht begeistert von dem „verlängerten Urlaub“ seines Mitarbeiters. Alex konnte mit seinem Gehgips schon kleine Besorgungen erledigen, während Anne die stikkige OP-Luft einatmen mußte.

Caroline fühlte sich in ihrer Mutterrolle pudelwohl. Sie genoß die Schwangerschaft, während ihr Bäuchlein immer runder wurde. Seit einer Woche war sie zu Hause. In fünf Wochen sollte sie Mama sein, wenn alles planmäßig verlaufen sollte. Zu gerne machte sie sich im Kinderzimmer zu schaffen und stand vor dem Babykörbchen. Sie hatte ihren alten Teddy hineingelegt. Martin war aufgeregter als sie und wollte die Geburt miterleben. Schon nach drei Wochen stand Martin vor dem Bett im Kreißsaal und streichelte seine Frau, die heftige Wehen hatte. Die Hebamme ermunterte Caroline zum Pressen, die schmerzerfüllt das Gesicht verzog und leise wimmerte. Nach der dritten Preßwehe war es geschafft, und der erste Schrei des neuen Erdenbürgers zu hören. Lisa war geboren, am 25. Mai, ihrem ersten Hochzeitstag. Caro weinte vor Glück und hielt ihr Töchterchen im Arm, 3300 Gramm schwer, 48 cm lang. Martin überhäufte seine Frau mit Küssen und überraschte sie mit zwanzig Rosen und einem goldenen Ring. „Danke für unsere kleine Prinzessin, Caro. Du machst mich heute zum allerglücklichsten Menschen der Welt“.

Die Großeltern und Katrin waren entzückt von dem reizenden Baby. Caro wurde mit Blumen und Geschenken überhäuft. Die Tür stand nicht still, so daß sie sich schon bei Martin beklagte. Die ersten Wochen waren stressig durch das Stillen im Vierstundentakt. Die Kleine war am Tag ein braves Kind, doch nachts hatte sie ihre Schreiphase. Martin mußte manchmal ins Wohnzimmer flüchten, denn seine Nachtruhe war um fünf Uhr zu Ende.

Alex und Anne hatten erst spät von Lisas Geburt erfahren. Der Gips war ab und so konnte der Freund wieder wie ein geölter Blitz laufen. Mit einem Geschenk und einem bunten Strauß klingelten sie bei Zimmermanns. Anne war gerührt von dem niedlichen Baby, das sie im Körbchen beobachtete. „Ja, so ein Kind ist doch ein Wunder“, bemerkte sie und schaute wieder auf das zierliche Wesen. Caroline war ausgelastet und dachte nur selten an den Kindergarten. Ihr Beruf war anstrengend. Schon öfter hatte sie mit einer Umschulung als Reiseverkehrskauffrau geliebäugelt. Nach Lisas erstem Geburtstag beschloß sie, in einem Reisebüro anzufangen. Während ihres Schwangerschaftsurlaubes hatte sie sich sachkundig gemacht und beabsichtigte in der nächsten Zeit alles perfekt zu machen. Ein vierjähriges Studium als Betriebswirtin lag vor ihr. Sie hatte Martin damit überrumpelt und war fest entschlossen, an ihrem Vorhaben festzuhalten. Sie wollte so schnell wie möglich einsteigen. Im Oktober war Immatrikulation. Bis dahin hatte sie noch Land und Zeit, sich um Klein-Lisa zu kümmern. Die Kleine stand bei schönem Wetter auf der Terrasse und meldete sich nur zu den Mahlzeiten. Caro konnte sich auch für ihre Hobbys wie Lesen und Handarbeiten Zeit nehmen. Immer wenn die Schwiegereltern zu Besuch kamen, schauten sie zuerst auf die Terrasse und freuten sich, wenn Lisa sie anlachte. Martin hatte Streß im Autohaus. Zwei seiner Verkäufer waren krank und ein dritter im Urlaub. Oft kam er erst gegen zwanzig Uhr heim. Caro war oft sauer, obwohl sie sich bemühte, die schwierige Situation ihres Mannes zu verstehen. Manchmal machte sie mit Lisa eine Spazierfahrt zum Autohaus aus Sehnsucht nach Martin.

Die personelle Lage bei Ford hatte sich wieder eingependelt. Beide beschlossen, endlich einmal Urlaub zu machen. Caroline hatte ihr erstes Studienjahr erfolgreich beendet. Lisa hatte ihren ersten Geburtstag hinter sich und ging auf Entdeckungsreisen, oft noch krabbelnd, weil es schneller ging.

Caro buchte einen Badeurlaub in Side. Die Türkei hatte sie schon immer interessiert. Sie hatte von Freunden viel Gutes gehört und Lisa würde den kurzen Flug verkraften. Martin gab sein Einverständnis. Die Koffer waren eingecheckt und der Buggy abgegeben. Die Kleine plapperte vor sich hin und zog an Martins Hemd. Die blanken Knöpfe schienen ihr zu gefallen.

Strahlender Sonnenschein begrüßte die junge Familie in ihrem Urlaubsort. Lisa fühlte sich am Strand wohl und wollte manchmal den Sand essen, wenn die Eltern sie einen Moment aus den Augen ließen. Besonders gerne hatte sie Wasser. Deshalb planschte sie oft mit Caro im Kinderbecken und war nur mit heftigem Widerstand und Geschrei aus dem Wasser zu kriegen. Wasser war das Element, in dem sie sich schon immer wohlfühlte. Die junge Familie genoß die Ferientage, die leider viel zu schnell vergingen.

Es war Winter geworden. Lisa war schon 18 Monate und fing an zu sprechen. Caro fand eine Anstellung im Reisebüro und konnte ihr Abendstudium fortsetzen. Arbeit, Studium und Familie schafften sie, aber sie wollte alles unter einen Hut bringen. Martin und die Schwiegereltern halfen ihr so gut es ging. Tageweise wechselten sie sich ab, um den kleinen Rakker in Schach zu halten, der sich immer neue Dummheiten ausdachte.

Nach dem ersten Tag im Reisebüro Meyer war sie erschossen. Caro hatte zwar mehrere kleine Reisen verkauft, doch die Arbeit am Computer war der reinste Horror. Die meisten Kunden hatten Verständnis und warteten geduldig. Ein Hektiker, der dauernd auf den Tisch hämmerte und sich in Kundengespräche einmischte, nervte sie. Sie freute sich auf ihre kleine Lisa, die schon von weitem Caro erkannte, die Ärmchen ausstreckte und „Mama“ rief.

Am Abend überflog sie die Mitschriften der letzten Vorlesungen. In wenigen Monaten war Prüfung. Sie hatte bisher gute Studienergebnisse und konnte dem Staatsexamen ruhig entgegensehen, trotzdem bereitete ihr große Unruhe und Nervosität Probleme. Auch die Johanniskraut-Kapseln aus der Apotheke halfen nicht wirklich. Martin zeigte viel Verständnis für ihre Prüfungsvorbereitungen. Lisa war schon fast fünf und besuchte gern den Kindergarten, in dem ihre Mama einst gearbeitet hatte. Der Papa bemühte sich redlich, die Kleine täglich zu beschäftigen. Zusammen mit seinen Eltern organisierte er einen Ausflug in den Berliner Tierpark. Noch Tage danach schwärmte seine Tochter von den Affen und ihren Streichen. Auch von den Elefanten war sie begeistert, die das kleine Elefanten-Baby Elvira rührend bemutterten. Lisas erste Fahrt mit der S-Bahn war ein Erlebnis besonderer Art. Die Kleine wollte von ihrem Papa wissen, wann man dort endlich essen kann. Die Großeltern hielten sich den Bauch vor Lachen, und Lisa war enttäuscht. Zuletzt mußte Martin seine Prinzessin Huckepack tragen. Ihre Kräfte waren von dem erlebnisreichen Tierpark-Besuch überfordert.

Caro saß schlafend am Schreibtisch und zuckte zusammen, als ihr Mann die Tür zum Arbeitszimmer öffnete. Das war eine stürmische Begrüßung!

Caroline stand im schwarzen Kostüm vor der Prüfungskommission. Sie war selbst verwundert, daß ihr alles wieder einfiel, was sie glaubte, vergessen zu haben. Sie war die Ruhe in Person und verblüffte die Prüfenden durch präzise Antworten. Ihr fiel ein Stein vom Herzen, als sie erfuhr, mit „Gut" das Studium beendet zu haben. Nun war sie Diplom-Betriebswirtin. Martin war stolz auf seine Frau und Lisa verkündete im Kindergarten „meine Mama ist ‚Diplomwirtin' und hat einen Blumenstrauß bekommen." Martin küßte seine kluge Frau und sagte „mein Schatz, du bist eine wunderbare Frau. Wir müssen deinen erfolgreichen Abschluß feiern. Deshalb führe ich dich heute in den Friedrichstadtpalast."

Auch die fünf Mitarbeiterinnen des Reisebüros waren stolz auf ihre intelligente Kollegin und schenkten ihr Blumen und einen großen Globus als Anerkennung. „Das ist ein tolles Geschenk", jubelte Caroline und erleuchtete den Globus. Nun kann ich alle Reiseziele etwas genauer beleuchten. Die Chefin hielt große Stücke von Frau Zimmermann und machte sie bald zu ihrer Stellvertreterin. Finanziell hatte Caro sich sehr verbessert und konnte sich manches leisten, was sie als Kindergärtnerin nie gekonnt hätte. Für sie hatte nun ein neuer Abschnitt ihres Berufslebens begonnen, den sie in vollen Zügen genoß. Lisa war zu einem großen, selbstbewußten Mädchen herangewachsen und war schon in der Vorschulgruppe des Kindergartens. Ihr Lieblingsspielzeug waren Bücher. Oft las sie sich selbst erfundene Geschichten vor. Frau Hellmann, ihre Kindergärtnerin, riet den Eltern, ihr Kind schon früher einzuschulen. Das kam überraschend, man kann sagen in letzter Minute. Lisa begutachtete ihren Ranzen mit der Mickymaus und fand ihn toll. Sie schlug die Fibel auf und versuchte, leichte Wörter zu lesen. Das war kein Problem für sie. Der Tag der Einschulung kam. Lisa trug ein Jeanskleid und blaue Lackschuhe. Das Beste war die große Zuckertüte, die sie kaum halten konnte. Zwanzig Kinder gehörten zu ihrer Klasse, der

Klasse 1 c. Frau Reimer mußte die munteren Erstkläßler bändigen, um alle organisatorischen Dinge anzusagen. Endlich konnte das Geheimnis der Zuckertüte gelüftet werden. Am meisten freute sich die kleine Schülerin über das Wilhelm-Busch-Buch und die Barbie-Puppe. Oma und Opa hatten das beste Geschenk, ein Fahrrad. Martin setzte Lisa auf den Sattel und schob sie ein Stück durch den Garten „du mußt noch etwas wachsen bis du alleine fahren kannst“, sagte Martin, und Lisa nickte verständnisvoll. Martin erinnerte sich wie von einem Blitz getroffen, an die Patenschaft für ein Kind von UNICEF und kramte zu Hause in seinen Unterlagen. Er hatte sich auf der Liste zusammen mit Caro für die kleine Nina aus Bosnien entschieden. Sie war ein Waisenkind und brauchte Hilfe. Mit einer Spende von nur 20 Mark jährlich konnte diesem kleinen vierjährigen Mädchen etwas geholfen werden. Martin zögerte nicht länger und zahlte den Betrag bei seiner Bank umgehend ein. Schon bald kam Post von dem Waisenhaus aus Sarajewo und ein Foto von der kleinen Nina. Zimmermanns waren gerührt von dem Bild des niedlichen blonden Mädchens mit den strahlenden Augen. Lisa wollte das arme Waisenkind gleich einladen und legte schon einige Lieblingsspielsachen für sie bereit. Beinahe hätte Martin vergessen, das Wichtigste aus dem Umschlag zu nehmen, eine Blumenkarte, die Nina selbst gemalt hatte. Unter der Sonne, den Wolken und den kleinen Blumen stand in großen Buchstaben „Danke“. Alle waren gerührt und beschlossen, die Kleine bald einzuladen.

Alex hatte seinen alten Kumpel Fred aus dem Knast getroffen und mit ihm und einigen Freunden einen Umtrunk veranstaltet, während Anne Nachtdienst hatte. Es war heiß hergegangen und Alex wußte nicht, wie er nach Hause gekommen war.

Morgens hatte er verschlafen und war verspätet und mit einer Fahne in der Werkstatt erschienen. Zuerst hatte es keiner bemerkt, doch als Meister Schottstädt ihn schlafend in der Werkstatt fand, war er ziemlich erschüttert. Das hatte er Alex nicht zugetraut. Er drückte beide Augen zu und verwarnte ihn nur. Als sich dieser Vorfall mehrmals wiederholte, kannte er kein „Pardon“. Mit den Worten „meine Großmut ist beendet, Herr Schröder“, wurde Alex fristlos entlassen.

Anne wunderte sich, als sie ihren Mann eines Tages zu Hause vorfand, als er eigentlich hätte arbeiten müssen. Ohne rot zu werden, schwindelte er „ich habe noch Überstunden abgebummelt“. Sein ganzes Verhalten war so merkwürdig, daß Anne stutzig wurde. Ohne ein Wort zu sagen, ging er abends weg und kehrte erst in den frühen Morgenstunden völlig betrunken heim. Anne war ratlos. Weinend verließ sie die Wohnung und lief stundenlang orientierungslos durch die Stadt. Plötzlich tippte sie jemand an. „Nanu Anne, du siehst ja so unglücklich aus. Was ist denn passiert?“ Es war Caroline, die auf dem Weg zur Arbeit und in Eile war. Anne deutete nur an, daß Alex wieder auf die schiefe Ebene gekommen war und fristlos entlassen wurde. Mit den Worten „wir melden uns“, flitzte sie davon. Nach Feierabend unterrichtete sie Martin von dem Zusammentreffen mit Anne. „Dieser Schröder hat seine einmalige Chance verspielt und erneut Scheiße gebaut, dem ist kaum noch zu helfen.“ Noch im Zorn machte er sich auf den Weg zu Alex. Schon vor der Wohnungstür hörte er ihn umherpoltern. Gerade hatte er eine Tür zugeknallt, als Martin klingelte. Ungepflegt wie damals stand er seinem Freund gegenüber. „Ich mache mir Sorgen, weil du wieder trinkst und auch deinen guten Job verloren hast, sagte Martin erregt. Was ist bloß mit dir los? „Wieso mir geht es gut, ich beziehe Arbeitslosengeld und meine Frau hat Arbeit. „Anne begrüßte Martin stumm und guckte so traurig, daß Martin Mitleid mit ihr hatte. Plötzlich klingelte es Sturm. Alex riß die Tür auf und sprang wie vom Blitz getroffen, die Treppe hinunter. Es waren seine alten Kumpel aus dem Knast, und die neue Zechtour begann. Beide guckten sich ratlos an bis Martin mit den Worten „ich kümmere mich um eine Entziehungskur", Anne streichelnd, den Heimweg antrat.

Der Freund war wieder dort, wo er gebraucht wurde. Trotz eigenen Sorgen und viel Streß, organisierte er eine Entziehungskur für Alex, der sich nach langer Überzeugungsarbeit dazu bereit erklärte in eine Nervenklinik zu gehen.. Sechs Wochen war er nun schon unter Gleichgesinnten, die alle dem Alkohol ade sagen wollten. Ärzte und Psychologen gaben ihr Bestes, um den Alkoholkranken einen normalen Weg ins Leben zu ebnen.

Anne hielt zu ihm und besuchte ihren Mann regelmäßig. Alex sah gut aus. Er hatte einige Pfunde zugenommen und wirkte ausgeglichen. Auch Martin hielt ihm die Treue und sprach ihm bei seinen Besuchen Mut zu. „Laß deine Kumpel aus dem Knast sausen, sie schaden dir nur", ermahnte er seinen Freund, der seine Worte beherzigen wollte. Dr. Herrmann, der leitende Neurologe war zufrieden, als er Alex nach achtwöchiger Kur entließ. Anne stellte fest, daß ihr Mann standhaft war. Familie Schröder bezog eine neue Wohnung, um den alten Knastologen nie wieder zu begegnen.

Die Suche nach Arbeit war ein trostloses Unterfangen. Elektriker schien es genug zu geben. Mittlerweile war Alex bereit jede Arbeit anzunehmen und landete als Hausmeister in einer Realschule. Dort konnte er seine Fachkenntnisse als Elektriker gut gebrauchen. Er arbeitete sich schnell ein und war bald beliebt bei Lehrern und Schülern. Im Keller hatte er seine Werkstatt. An einem Raum war ein Namensschild mit „Alex

Schröder, Hausmeister“ angebracht. Dort war sein eigenes kleines Reich, in dem er sich wohlfühlte.

Anne war schwanger geworden und sah nun einen Lichtblick in ihrem Leben. Nur noch einige Monate blieben bis zum errechneten Geburtstermin. Beide freuten sich auf ihr Kind, das der Gynäkologe eindeutig als Jungen erkannte. Anne überraschte ihren Mann mit einem Anruf aus dem Kreißsaal und teilte ihm glücklich mit, daß er vor zwei Stunden Vater geworden war. „Lukas ist 2600 Gramm schwer und 46 cm lang“, sagte sie und Alex konnte den ersten Schrei seines Sohnes hören.

Der Kleine war zierlich, so wie Anne und blinzelte ein wenig, als sein Papa ihn betrachtete. „Wie gefällt dir unser Süßer, wollte Anne wissen?“ „Er ist niedlich und so winzig, daß man sich fürchtet, ihn zu berühren. Lukas ist ein Prachtstück, obwohl er zwei Monate zu früh geboren ist.“ Erst da bemerkte er, daß er die Gerbera, die seine Frau so liebte und die Tasche, die Anne für die Entbindung gepackt hatte, noch in der Hand hielt. Er war völlig durcheinander. „Schatz, sei nicht böse, ich liebe dich sehr.“ Dann umschlang er sie und küßte sie bis eine Schwester eintrat und Mittagessen brachte.

Lukas hatte ihr Leben verändert. Das Frühchen mußte alle drei Stunden angelegt werden. Anne konnte nicht lange stillen, weil sie eine schlimme Brust bekam. Dank starker Antibiotika und ständigem Kühlen konnte sie die eitrige Entzündung bannen. Alex half gerne beim Wickeln und Füttern. Wenn er nachmittags in der Schule noch einmal nach dem Rechten schaute, nahm er Lukas mit. Er fing schon an zu plappern und zog an seiner Decke. Der Kleine entwickelte sich prächtig. Beim Baden lief der Kleine plötzlich blau an. Anne erschrak zu Tode und massierte ihn tüchtig. Scheinbar war alles wieder gut. Besorgt stellte Anne ihren kleinen Liebling dem Kinderarzt vor, der einen Herzfehler erkannte. Anne war fertig und weinte den ganzen Heimweg. Lukas durfte nicht so viel schreien, um sein krankes Herz noch mehr zu belasten. Nach seinem ersten Geburtstag sollte er in der Charité operiert werden.

Für die Eltern folgten Monate des Bangens. Der OP-Termin, der auf den ersten April eingetragen war, rückte immer näher. Zum Glück war die Operation ohne Komplikationen verlaufen. Anne blieb im Krankenhaus, um ihrem kleinen Liebling nahe zu sein. Lukas war der mehrstündige Eingriff nicht anzumerken. Er war fröhlich wie immer und lächelte, als er seine Mama erkannte. Nur das hohe Fieber machte dem Oberarzt Sorgen. Nach der Verabreichung eines Antibiotikums, die als Infusion erfolgte, ging es bergauf. Mutter und Kind konnten nach 14 Tagen entlassen werden. Alex hatte die Zeit als Strohwitwer enthaltsam überstanden. Die Entziehungskur schien geholfen zu haben.

Lisa hatte in der Schule Fortschritte gemacht und konnte fast die ganze Fibel vorlesen. Die Klassenlehrerin war sehr zufrieden mit ihrer jüngsten Schülerin und lobte sie oft. Sport war ihr Lieblingsfach. Sie war schon immer sehr gelenkig und überschlug sich, wo sie ging und stand. Gerne tanzte sie nach flotter Musik. Caroline meldete ihre Tochter in einer Tanzgruppe an. Die Kleine war Feuer und Flamme. Sie erinnerte ihre Mama an die Übungsstunden und war begeistert. Manchmal übte sie in ihrem Zimmer vor dem Spiegel und schimpfte, wenn etwas mißlang. Die Ballettlehrerin riß die zehn kleinen Tänzerinnen in ihren Bann. Lisa wurde immer besser und durfte schon einmal ganz alleine auftreten. Sie war kürzlich sogar namentlich in der Zeitung erwähnt.

Martin hatte einen guten Ruf als Chef. Er war kollegial, ließ sich aber nicht auf der Nase herumtanzen. Unlängst hatte

er in seinem Autohaus ein Fest organisiert. Er wollte nicht im Schatten von VW, Opel, BMW und Mercedes stehen. Er hatte das Gelände des leer stehenden Mazda-Autohauses gekauft, das bankrott gegangen war und sein Autohaus beträchtlich erweitert. Einfälle mußte man schon haben, wenn man in diesem Konkurrenzkampf existieren will, dachte er. Ford hatte nun das größte Autohaus. Herr Schumann war stolz auf ihn und bereute seine Entscheidung nicht.
Lange hatte Martin gegrübelt, um einen Knüller für das Ford-Fest zu finden. Er engagierte einen Zauberkünstler, zwei namhafte Schlagersänger und organisierte für die Kleinen eine Bastelstraße und für die größeren Jugendlichen ein Friseur- und Kosmetikstudio. Ein Quiz, dessen Sieger eine Ballonfahrt gewinnen konnte, war der Höhepunkt. Martins Fest stand unter einem guten Stern. Sonnenschein und angenehme Temperaturen verschönerten den Sonnabend im Mai. Die Präsentation des neuen Ford-Models war Ehrensache des Autohändlers. Martin wurde unheimlich, als er die Menschenmassen sah, die sich auf das Autohaus wälzten. Die Reklame in der Tagespresse und diverse Anschläge hatten Erfolg. Alle Verkäufer waren zu Probefahrten unterwegs. Das rote Cabrio war der Verkaufsrenner. Leider waren nur zwei am Lager. Caro und Lisa kümmerten sich um das leibliche Wohl der Besucher. Martin klopfte Daniel auf die Schulter und freute sich über dessen guten Umsatz. „Weiter so, alter Junge“, munterte der Chef ihn auf und erspähte Anne und Alex mit Klein-Lukas. „Schön, daß ihr auch hier seid.“ Alex bewunderte Martins Unternehmungsgeist und nahm Lukas aus dem Wagen. „Ist unser filius nicht gut geraten, Martin?“ „Ja, das muß ich neidlos anerkennen, erste Sahne. Schaut euch ein wenig um und vergeßt nicht, an dem Quiz teilzunehmen, es lohnt sich.“ Der Besucherstrom riß nicht ab, im Gegenteil. Die Geschäfte

liefen, und der Rubel rollte für Martin, den erfolgreichen Autohändler.

Gespannt erwarteten alle den Höhepunkt. Die drei Gewinner waren rasch ermittelt und einer davon war Alex Schröder. Mit hochrotem Kopf trat er nach vorne, mit ihm die beiden anderen. Alle wurden zum Startplatz des Ballons gefahren. Die Besatzung bat zum Einstieg und reichte den drei Glückspilzen ein Sektglas. Martin und Caro waren mit von der Partie. „Auf den Erfolg der Firma", prosteten alle dem Unternehmer zu und genossen den herrlichen Abend mit der untergehenden Sonne. Nach einstündiger Ballonfahrt kehrten alle gutgelaunt, zur Erde zurück. Das Fest war ein voller Erfolg.

Alex wurmte es, daß sein Freund so ein erfolgreicher Geschäftsmann war. Er hatte zwar Frau und Kind, sonst besaß er aber keine Reichtümer, nicht mal ein Auto. Er erinnerte sich an seine alte Bande. Irgendwo mußten die alten Knackies doch zu finden sein und besann sich an den zentralen Treffpunkt „Kino". Dort hatten sie einst die Schlachtpläne für ihre Raubzüge ausgehandelt. Eines war ihm klar, auf anständige Art und Weise konnte er zu nichts kommen. Alex lungerte schon eine Stunde vor dem Kino herum. Es tat sich nichts. Dann näherten sich Jugendliche mit lautem Getöse. Alex erkannte seinen alten Kumpel Fred, den Anführer der Bande. Auch Hannes und Sepp waren dabei. Mit viel Geschrei erfolgte die Begrüßung, so daß die Passanten aufmerksam wurden. „Da bist du ja, du alter Saufbruder", rief Fred. „Wo hast du denn zum Teufel so lange gesteckt? Warst du etwa wieder in unserem Luxushotel?" spottete er und schubste ihn durch die Reihe der Begleiter. „Unkraut vergeht nicht, wie ihr seht", antwortete Alex schlagfertig. „Wollen wir nicht mal wieder gemeinsam anschaffen?" fragte er die Meute. Alle waren dafür und heckten den Plan aus, einen ertragreichen Einbruch zu starten. Sepp wußte auch schon wo. Er führte die Gruppe zu einem Grundstück und sagte „das habe ich schon länger im Visier und zeigte auf den protzigen Eingang. Da wohnt so ein alter Geldsack. Ich glaube, er ist Sparkassendirektor oder so was Ähnliches. Wir müssen die Dunkelheit abwarten, dann schlagen wir zu. Um 21 Uhr warteten sie gegenüber und observierten die Villa. Der Alte ging zeitig zu Bett. – Er wohnte dort solo, denn seine Alte war schon tot.

Eine Hürde gab es noch. Der Bankchef hatte einen bissigen Schäferhund, der laufend kläffte, wenn sich jemand seiner Villa näherte. „Den vergiften wir“, schlug Hannes vor. Er verschwand und kehrte mit einer Tüte Rattengift und einem großen Stück Salami zurück. „Das wird der blöde Köter hoffentlich fressen“, bemerkte Sepp etwas skeptisch. Dann schritten sie zur Tat. Hannes lockte den Hund, der zu bellen begann, an das Tor. Das klappte vortrefflich. Die vergiftete Wurst schien zu schmecken, doch leider nicht zu wirken. Er blieb aber ruhig und das war wichtig. Nun wälzte sich der Hund verkrampft am Boden, bis er endlich tot war. Die vier streiften ihre Masken über und erkannten, daß in der Villa alles dunkel war. Sepp öffnete professionell und problemlos die Terrassentür und leuchtete mit der Taschenlampe das Zimmer ab. „Die Luft ist rein“, flüsterte er und forderte alle auf, reinzukommen. Alex durchwühlte die Wohnzimmerschränke und fand eine Geldkassette. Er rannte in den Garten und versteckte sie unter einem Baum. Sepp fand unter einem Stapel Wäsche zwei Sparbücher und eine Kreditkarte. „Das ist nicht schlecht für den Anfang“, fand Hannes und suchte im Schreibtisch des Arbeitszimmers, der zum Glück nicht verschlossen war, nach weiteren Werten. Dort entdeckte er die Schmuckschatulle der Alten. „Gott habe sie selig und mache uns reich“, spöttelte Fred. Beladen mit mehreren Silberschalen und einem Ölgemälde, türmten alle durch den Garten ins Freie. Alex hätte in der Eile fast die Geldkassette nicht wieder gefunden. „Hier ist sie“, wisperte er und rannte ins Gebüsch, wo alle ihre Rucksäcke versteckt hatten. Erleichtert über den gelungenen Raubzug, suchten sie bepackt mit der kostbaren Beute, Freds Wohnung auf. Mit der Bohrmaschine öffnete Alex die Kassette, die viele fein gebündelte Geldscheine beinhaltete. Sie zählten mehrmals und glaubten es kaum. Es waren fünfzigtausend DM. Das hatte sich gelohnt. Die Sparbücher wiesen zusammen die gleiche Summe aus. Scheinbar wollte der Bänker mit der riesigen Barsumme eine größere Anschaffung machen, doch das war ihnen schnuppe. Nun waren die vier reich. Die Freude stand ihnen im Gesicht geschrieben. Sepp untersuchte die Schmuckschachtel. Die Klunkern der Alten waren nicht von Pappe. Die beiden Brillantringe, das Collier mit den Rubinen und der breite Armreif, 750ger Gold, hatten keinen schlechten Wert. Das Geld wurde sofort aufgeteilt. Alles andere blieb in einem sicheren Versteck bei Fred.

Alex schlich sich auf leisen Sohlen in die Wohnung. Anne, die um sechs zur Frühschicht mußte, schlief noch fest. Alex wälzte sich im Bett hin und her und fand keine Ruhe. Alles ging durch seinen Kopf. Er bekam Gewissensbisse. Lukas meldete sich mit lautem Geschrei. Scheinbar hatte er geträumt.

Anne nahm ihn aus dem Bett und streichelte sein kleines Gesicht. Vielleicht quälten ihn auch die Zähnchen, die zur Zeit einschossen. Anne holte das Zahnungsmittel und rieb seinen Gaumen ein. Sie sah ihren Mann neben sich liegen und war beruhigt, daß er keine Fahne hatte. Auf der Arbeit fand sie keine Ruhe. Sie vergewisserte sich telefonisch, ob zu Hause alles in Ordnung ist. Von Ferne hörte sie Lukas plappern und freute sich.

Alex war gerade beim Geldzählen, als es an der Tür klingelte. Er stand einem Polizisten gegenüber und ahnte, was die Stunde geschlagen hatte. „Herr Schröder, ich muß sie mitnehmen. Heute Nacht wurde in einer Villa am Stadtrand eingebrochen. Ihre Fingerabdrücke wurden gefunden, Sie stehen unter dringendem Tatverdacht." Ehe Alex etwas stammeln konnte, war er in Handschellen. „Ich muß auf unseren kleinen Sohn aufpassen", brachte er eilig hervor. „Das ist kein Problem, den nehmen wir mit und benachrichtigen ihre Frau. „Schon saß er mit Lukas in der „grünen Minna", die ihm keine Unbekannte mehr war. Anne war fassungslos und in Tränen aufgelöst, als sie den Anruf von der Polizei bekam. Ihr Mann war in Untersuchungshaft und Lukas auf dem Polizeirevier. Die Falle hatte dieses Mal schnell zugeschnappt. Auch die drei anderen Täter wurden rasch gefaßt und inhaftiert. Das Diebesgut wurde bis auf die Schmuckschatulle, die Fred so gut versteckt hatte, sichergestellt.

Bankdirektor Roth, der Eigentümer der Villa, zitterte noch am ganzen Körper. So etwas hatte er noch nicht erlebt. Wenn seine Vera das wüßte !

Auf dem Polizeirevier erfuhr Anne den ganzen Sachverhalt. Sie konnte noch immer nicht glauben, daß ihr Mann zu so einer Straftat fähig war. Er war doch so lieb zu ihr und Lukas. Erst einmal weg, dachte sie und trat mit Lukas in einem Taxi den Heimweg an.

In der Tageszeitung konnte sie in großen Schlagzeilen lesen „Schwerer Raubüberfall in der Villa Roth". Dann wurde der Tathergang beschrieben. Zum Glück war dem Eigentümer nichts passiert. Der alte Herr von knapp achtzig, war total durcheinander und fürchtete sich vor dem Einbruch der Dunkelheit. In der ersten Zeit mußte seine Tochter bei ihm einziehen.

Anne war völlig am Ende. Was sollte nur aus ihr und dem

Kind werden? In ihrer Verzweiflung meldete sie sich bei Zimmermanns. Martin, der den Anruf entgegennahm, stockte der Atem. Nach einer Pause faßte er sich und sagte, „ich dachte, daß Alex sich gefangen hat, wo er so eine nette Familie hat." Martin hatte von dem Einbruch in der Zeitung gelesen, aber Alex nicht damit in Verbindung gebracht. Martin und Alex waren halt zwei ungleiche Freunde, und er mußte sich über sich selbst wundem, daß er immer noch zu ihm hielt.

Gemeinsam mit seiner Frau grübelte Martin, wie er Anne helfen könnte. Caro hatte einen guten Einfall und schlug vor, „Martin, was hältst du davon, wenn wir ihr einen kleinen Gebrauchtwagen schenken." Eines Abends standen Zimmermanns mit einem roten Fiesta vor Annes Haus. Sie klingelten Sturm, so daß sich die junge Frau sehr erschreckte. Völlig aufgelöst, fiel sie den beiden in die Arme und weinte. Lukas spielte im Laufgitter. „Es ist lieb von euch, daß ihr mich nicht vergessen habt". „Wir haben noch jemand mitgebracht", sagte Martin und zwinkerte seiner Frau zu. Anne stutzte und riß die Haustür auf. „Wo hat sich denn der ‚jemand' versteckt?" fragte sie ahnungslos. „Er schafft die Treppen nicht", scherzte Martin und führte Anne auf den Balkon. Sie konnte niemand erkennen. „Siehst du das rote Auto?" fragte Martin und nahm die zarte Anne in den Arm. Das schenken wir dir." Anne fehlten die Worte. „Das kann ich doch nicht annehmen." Sie weinte vor Freude und drückte beide. „Vielen, vielen Dank. Nun stehe ich schwer in eEurer Schuld." Anne war überglücklich und vergaß für kurze Zeit ihre mißliche Lage. Das Auto war toll für sie und Lukas. Nun waren sie auch ein bißchen beweglicher. Alex saß schon sechs Monate in U-Haft. Endlich war der Gerichtstermin festgelegt. Es war der 6. April. Sein Rechtsanwalt, Herr Dr. Schlüter, hatte ihn auf das zu erwartende Strafmaß vorbereitet. Mit sechs Jahren konnte er rechnen. Alex saß kreidebleich im Gerichtssaal. Hin und wieder schaute er schuldbewußt zu Anne, die zusammengekauert neben Martin saß. Alle vier Täter waren in Handschellen. Alex machte noch den besten Eindruck. Er war gut rasiert und sah gepflegt aus. Das hellblaue Hemd stand ihm. Fred hatte sich einen Bart stehen lassen und sah wie Rumpelstielzchen aus. Auch die beiden anderen sahen ziemlich vergammelt aus.

Der Ablauf des Einbruchs wurde langatmig dargestellt und von allen Seiten beleuchtet. Meister Schottstädt und der Direktor der Realschule waren auch vorgeladen. Sie schilderten Alex als sympathischen und fleißigen Mitarbeiter, der schlechten Einflüssen ausgesetzt war. Niemals hätten sie ihm so etwas zugetraut. Nach mehrstündiger Verhandlung stand das Urteil fest. Sechs Jahre für alle, denn sie waren Wiederholungstäter. Die Strafe sollten sie in Moabit verbüßen. Anne verließ geknickt den Gerichtssaal und winkte traurig ihrem Mann, der mit den anderen Tätern das vergitterte Polizeiauto bestieg.

Annes Eltern wohnten in Wittenberg, direkt an der berühmten Schloßkirche. Mit der Bahn war die Fahrt dorthin recht umständlich, dazu mit Kinderwagen. Nun war das Problem gelöst. Der „Fiesta“ war ein bequemes und schnelles Transportmittel, um die knapp 80 Kilometer zu überwinden.

Am Wochenende hatte Anne sich bei den Eltern angemeldet, die ihren kleinen Enkel noch nicht kannten. Lukas saß im Kindersitz und lutschte an der Stoffmaus. Anne setzte sich ans Steuer und startete. Die Frühlingssonne schien so kräftig, daß sie ihre Sonnenbrille aufsetzen mußte. Die Autobahn war voll. Sie fuhr langsam, weil sie nur wenig Fahrpraxis hatte. Ein Wegweiser zeigte noch zwölf Kilometer bis zum Stadtzentrum an. Der Kleine war eingeschlafen. Die Eltern hielten nach dem roten Auto Ausschau, das noch nicht zu sehen war. Dann klingelte es Sturm. Frau Böttcher, Annes Mutter, drückte auf den Türöffner und rannte eilig die Treppe hinunter. „Da seid ihr ja endlich." Zuerst begrüßte sie Lukas, der sich räkelte und zu weinen begann. Seine Oma kannte er noch nicht. Auf ihrem Arm fühlte er sich zusehends wohler. Die Eltern waren besorgt um ihre nun alleinerziehende Tochter, die immer elender aussah. „Das ist der Kummer", entgegnete Anne und machte einen Rundgang durch die Wohnung. „Es ist noch alles unverändert", meinte die Mutter und führte Anne in ihr neues Schlafzimmer. „Wau, Mama, ihr habt tollen Geschmack. Schön, daß ihr euch mal was geleistet habt."

Das Gerichtsurteil hatte die Eltern schockiert. „Armes Kind", sagte der Vater und steckte seiner Tochter mehrere Geldscheine zu. Nur gut, daß ihr so reizende Bekannte habt, die dir sogar dieses wendige Auto geschenkt haben. Alle Achtung, das macht nicht jeder, auch wenn es ihm noch so gut geht." Das Wochenende in Wittenberg verging viel zu schnell. Anne hatte ihr Herz ausgeschüttet und Lukas hatte sich bei den Großeltern vorgestellt. Das freundliche, muntere Kerlchen fehlte den Böttchers. Nur der volle Eimer Pampers und die eingekehrte Stille, erinnerten an ihren kleinen Prinzen, wie sie ihn nannten. Alex saß in einer Zweimann-Zelle. Marko, sein Mitinsasse war Bankräuber, der immer wieder rückfällig wurde. Er lag teilnahmslos auf seiner Liege, ohne mit Alex ein Wort zu wechseln. „du bist wohl fix und fertig", unterbrach er das Schweigen seines Kumpels. „Das kann man wohl sagen, wenn ich daran denke, daß ich zehn Jahre brummen muß in diesem Sauladen. Alles kotzt mich an", fuhr er fort. Das konnte Alex nachempfinden. Aus ihrem winzigen, vergitterten Fenster konnten sie nur auf den Hof blicken. Die Sonne schien so schön, doch für die beiden unerreichbar. Vorerst durften sie an dem Hofrundgang nicht teilnehmen, leider! Marko erhob sich und blieb auf dem Bett sitzen. Die Zelle war nur so groß, daß ein Tisch, zwei Stühle und ein Waschbecken außer den Pritschen Platz hatte. Die winzige Toilette war durch einen Vorhang abgeteilt. Man konnte sich kaum drehen. Schließlich sollte eine Gefängniszelle kein Hotelzimmer sein. Wie sollte Alex das nur sechs Jahre aushalten?

Caroline hatte sich einen freien Tag eingeräumt. Im Garten blühten die ersten Tulpen und Narzissen. Der Rasen zeigte ein kräftiges Grün, und die Obstbäume die ersten Knospen. Lisa mußte bald von der Schule kommen. Sie machte sich weiter gut und machte ihren Eltern Freude. Im Dezember hatte sich Familienzuwachs angemeldet. Voraussichtlich sollte es ein Junge werden, den sich Martin so wünschte. Caro und Lisa machten einen Einkaufsbummel, der sie in den Babyausstatter führte. Der kleine Stammhalter sollte einen hellblauen Strampler bekommen. Lisa half beim Aussuchen der Babysachen für den kleinen Bruder. Die Auswahl der vielen niedlichen Sachen war nicht einfach. Moritz sollte der Kleine einmal heißen, das war schon sicher. Dieser Name hatte Lisa in dem Wilhelm-Busch-Buch so gefallen. Caro meisterte die Zeit der zweiten Schwangerschaft auch mit Bravour. Sie war bedeutend stärker als bei Lisa und sah aus wie eine Zwillingsmutter. Pünktlich zum Nikolaus hatte sich Moritz eingestellt. Der stramme Stammhalter hatte 4350 Gramm auf die Waage gebracht und war 56 cm lang. Martin strahlte, daß sich sein sehnlichster Wunsch erfüllt hatte. Caro mußte sich ganz schön quälen, die Arme! Moritz entwickelte sich prächtig. Nur nachts, wenn die Eltern schlafen wollten schrie er wie am Spieß. Caro konsultierte einen Kinderarzt, der sie beruhigte. „Der Bursche ist kerngesund. Scheinbar hat er Hunger." Von nun an bekam er abends Brei und das half bestens. Moritz war das artigste Kind von der Welt und schlief bis sieben Uhr früh durch.

Das Training in der Tanzgruppe machte Lisa immer mehr Spaß, seitdem sie schon mehrmals in der Karnevalssaison aufgetreten war. Ihre zierliche Figur gab ihren graziösen Bewegungen einen besonderen Reiz. Ihr Bild, das in der Zeitung war, hatte sich Martin in sein Büro gehängt. Bei einem Rundgang in seiner Firma wurde er durch einen Hilfeschrei hellhörig. Ein Mitdreißiger war vor einem Auto zusammengebrochen. Der Notarzt stellte einen Herzinfarkt fest und forderte einen Hubschrauber an, der ihn in ein Herzzentrum fliegen sollte. Der entstandene Menschenauflauf war ein Gewinn für das Geschäft. Martin strahlte, als danach drei Neuwagen verkauft wurden und meinte „das kann so weiter gehen, ich meine mit dem Verkauf."
Anne kam alleine ganz gut zurecht. Lukas war ein pflegeleichtes Kind, das ihr Halt gab, den sie dringend brauchte. Er saß vergnügt in seinem Laufgitter und begann zu laufen. Es war zeitig für den Elfmonatigen. Anne machte ein Foto und schickte es ihrem Mann. Er sollte Anteil an der Entwicklung seines Kindes haben und sehen, wie Lukas gewachsen war. Tränen liefen über ihre Wangen. Sie fühlte sich einsam, vor allem in den langen Nächten. Oft lag sie stundenlang wach im Bett und grübelte. Ihr körperlicher und seelischer Zustand war bedrohlich. Auch die Beruhigungstabletten zeigten keine Wirkung. Alle meinten es gut mit ihr, konnten ihr aber nicht wirklich helfen. Anne brauchte Luftveränderung, meinten ihre Kollegen im OP und verordneten ihr einen Tapetenwechsel. „Du mußt einfach mal raus aus dem Alltagstrott", sagte die fürsorgliche Schwester Gabi und hakte ihre Kollegin unter.

Anne suchte Caro auf, die sie nach ihrer Niederkunft nur telefonisch beglückwünscht hatte. Moritz schlief auf der Terrasse . Anne reichte Caro ein Päckchen zur Geburt des Stammhalters, dessen Inhalt bei der zweifachen Mama Freude auslöste. „Das ist eine ganz reizende Ausfahrgarnitur und auch noch hellblau“, bedankte sich Caro entzückt. Dann mußte Klein-Moritz Modenschau machen, die ihm sichtlich mißfiel. Er sah goldig aus, auch wenn er weinte. Die beiden Frauen suchten das Reisebüro Meyer auf, um für Anne einen günstigen Ferienplatz zu buchen. „Wir werden bestimmt etwas finden“, meinte Caro optimistisch und blätterte in mehreren Katalogen. „Schau Anne, wie wäre es mit Bulgarien? Das ist preisgünstig und gut. Ich denke, das nehmen wir“, stimmte sie zu. Schon eine Woche später saß sie mit Lukas im Flieger. Der lange Sandstrand war herrlich, das Meer blaugrün und fast lauwarm. Anne nahm Lukas auf den Arm und trippelte vorsichtig ins Wasser. Das Schwarze Meer war ruhig und lud zum Baden ein. Lukas planschte mit Begeisterung im Wasser. Dort war Hochbetrieb. Viele Erwachsene tummelten sich mit ihren Kindern in den Fluten. Surfer und Boote belebten den Strand, so daß keine Langeweile aufkommen konnte. Händler boten Eis, Obst sowie diverse Souvenirs in landesüblicher Vielfalt an. Anne steuerte auf eine Bude zu. Dort gab es Schwimmtiere und Spielzeug. Lukas zappelte mit seinen Händchen und wollte die Badeutensilien anfassen. „Nein, nein“, rief Anne und zog ihn zurück, denn er war schon hinter den Ladentisch gekrabbelt. Dort war alles so interessant für den kleinen Steppke. Anne nahm das Boot und Spielsachen für den Sand und reichte einige Lewa hin. Alles war spottbillig. Lukas kreischte vor Begeisterung. Nun machte das Planschen erst richtig Spaß. Lukas war so beschäftigt, daß Anne sich in ihr Buch vertiefen konnte. Sie las „Die Apothekerin“ von Ingrid Noll. Öfter schaute sie hoch und ließ den Knirps nicht aus den Augen. Er hatte schon eine kleine Freundin gefunden, die seinen Eimer in der Hand hielt. Mit dem Sprechen klappte es noch nicht so gut bei den beiden Kleinen, trotzdem verstanden sie sich glänzend und waren unzertrennlich. Das Spiel war einfach. Annika holte immer Wasser, und Lukas kippte es wieder aus. Das fanden beide herrlich und amüsierten sich köstlich. Anne legte eine Lesepause ein, nachdem es in dem Roman schon mehrere Tote gegeben hatte. Annika war auch mit ihrer Mama hier. Ihr Papa war der Chef einer sehr renomierten Lebensmittelkette und konnte sich nicht frei machen. „Wir sind aus der Nähe von Berlin, berichtete die Rothaarige. Genauer gesagt kommen wir aus Erkner. Das werden Sie bestimmt nicht kennen oder“, fuhr sie fort. „Zufällig doch“, meinte Anne und grinste. „Wir haben in der Gegend Verwandte und kennen uns dort etwas aus. Dieses seenreiche Stückchen Erde ist einladend.“ „Wo ist denn euer Papa“, fragte die Erknerin interessiert? „Er ist krank“, reagierte Anne blitzschnell und versuchte mit dieser kleinen Notlüge abzulenken, weil sie sich so schämte. Täglich trafen sich die beiden Mütter mit ihren Sprößlingen am Strand. Anne hatte die beiden in das Schlauchboot gesetzt und zog sie durch das Meer. Frau Seifert, Annikas Mama, filmte mit der Videokamera. Die Kleinen klatschten vor Freude in die Hände und kreischten. Es war schwierig, sie aus dem Boot zu bekommen. Lukas wehrte sich mit Händen und Füßen. Es wurde Zeit für das Mittagessen. Der große Speisesaal war noch ziemlich leer. Die Mütter fanden einen Tisch mit Blick auf das Meer. Während Anne zum Bufett schritt, beaufsichtigte Frau Seifert die Kleinen, die auf ihren Hochstühlen standen und das Geschehen beobachteten.

Die Urlaubstage am Schwarzen Meer taten Anne gut. Sie konnte einmal ihre Seele baumeln lassen und die Alltagssorgen vergessen. Erst zu Hause überkam sie das heulende Elend, als sie in ihre Wohnung trat.

Ein Brief von Alex stimmte sie ein wenig besser. Er teilte

seiner Frau mit, daß er ab sofort vierwöchentlich Besuch bekommen durfte. Anne schmiedete schon Pläne. Der anstrengende Schichtdienst im Krankenhaus stellte an sie immer höhere Anforderungen. Oft mußte sie länger bleiben, wenn eine Kollegin erkrankt war. Die Kita zeigte viel Verständnis für die alleinerziehende Mutter. Manchmal nahm Tante Helga Lukas mit zu sich nach Hause. Das kleine, freundliche Kerlchen tat ihr leid und ihre beiden eigenen Kinder freuten sich über das Pflegekind.

Familie Zimmermann junior ging es so gut, daß sie lange nicht an Alex gedacht hatte. Martin bekam langsam Schuldgefühle. Er beschloß, an ihn zu schreiben. Moritz machte das Laufgitter unsicher und übte erste Gehversuche. Sämtliche Plüschtiere waren auf dem Fußboden verteilt. Wenn Caro mit dem Finger drohte, lachte er schallend. Im Gegensatz zu Lisa war er ein lebhaftes Kind. Caro sehnte sich nach dem Reisebüro. Immer wenn sie Zeit hatte, studierte sie die vielen Kataloge, um bald beruflich fit zu sein. Ein Telefonanruf veränderte ihr Leben von einem Tag zum anderen.

Martin war im Autohaus zusammengebrochen und lag auf der Intensivstation des Martin-Luther-Krankenhauses. Caro zitterte am ganzen Körper. Ihre Schwiegermutter, die gerade einige freie Tage hatte, kümmerte sich um ihre Enkelkinder. Caro fuhr umgehend ins Klinikum. So hatte sie ihren Mann noch nie gesehen. Kreidebleich, an mehreren Schläuchen hängend, lag ihr Martin völlig teilnahmslos da. Caro weinte leise vor sich hin, während die Schwester versuchte, sie zu beruhigen. Oberarzt Dr. Wolf führte ein langes Gespräch mit ihr und gab zu verstehen, daß ihr Mann Glück hatte, weil sein Infarkt sofort behandelt werden konnte. „Leider ist ihr Mann noch nicht über den Berg, wir müssen die nächsten Tage abwarten.“ Caroline sah aus wie der Tod auf Latschen und lief wie ein Hund im Zwinger in ihrer Wohnung umher. Nur gut, daß sie ihre Kinder hatte, die sie auf andere Gedanken brachten. Immer, wenn das Telefon klingelte, begann sie zu zittern und war erleichtert, wenn es nicht das Krankenhaus war. Martin ging es immer noch gleichbleibend schlecht. Die Ärzte machten ein bedenkliches Gesicht, als Caro sich der Intensivstation näherte. „Wir mußten ihrem Mann einen Schrittmacher einsetzen“, eröffnete Oberarzt Wolf das Gespräch. Nun hoffen wir, daß uns seine Pumpe nicht im Stich läßt.“ Erst nach zehn Tagen war es so weit, daß Martin auf dem Weg der Besserung war. Caroline war überglücklich und ging erleichtert nach Hause.

Alex grübelte an einem tristen Herbsttag in seiner Zelle. Nun saß er schon zwei Jahre in dem traurigen Gemäuer und seit Markus Verlegung vor acht Wochen, allein. Wenn er doch arbeiten könnte wie damals in Bautzen. Das war ein Privileg, das ihm noch nicht eingeräumt wurde. Er hatte die Schnauze voll und beschloß, seinem Leben ein Ende zu machen. Dann kam ihm eine grandiose Idee. Gemeinsam mit seinem Zellennachbarn seilte er sich mit Hilfe mehrerer zusammengeknoteter Bettlaken ab und landete bei Nacht und Nebel im Innenhof des Gefängnisses. Zunächst blieb er regungslos liegen. Als sich nichts rührte, erklomm er die hohe Gefängnismauer, die mit Stacheldraht gesichert war. An Händen und Füßen blutete er stark. Mit einem Satz sprang er wie eine Katze von der Mauer und lag mit schmerzerfülltem Gesicht auf der angrenzenden Wiese. Sein Kumpel stand noch auf der Mauer, als die Sirene mit schrillem Getöse den Ausbruch meldete. Alex handelte wie im Traum und spürte seine Wunden nicht. Er taumelte durch die stockdunkle Nacht und rettete sich in eine Ruine, die versteckt, von Unkraut umgeben, auf einem Feldweg zu erkennen war. Hier kann ich nicht bleiben, schoß es ihm durch den Kopf, und er schaute hilfesuchend durch die Gegend. Von Ferne waren Hunde zu hören, die das Gelände nach den Flüchtigen durchsuchten. Alex streifte die Gefängniskleidung ab und schlüpfte in seinen Jogginganzug. So fühlte er sich bedeutend wohler. Ein kleiner Bach gab ihm die Gelegenheit, sich zu waschen. Er hockte gerade in einer Kuhle, als er dicht neben sich einen Aufseher erkannte. Er wäre fast zu einer Salzsäule erstarrt! Wie versteinert, rührte er sich nicht von der Stelle. Glück gehabt, dachte er, als sich der Beamte entfernte. Er mußte erst einmal durchatmen. Er hielt Ausschau nach seinem Kumpel, doch keine Spur. Die Schweine hatten den armen Achim bestimmt eingefangen. Nun war guter Rat teuer, wohin?

Noch in der Dunkelheit mußte sich Alex ein sicheres Versteck suchen. Humpelnd zog er den langen Feldweg entlang und erspähte ein verfallenes Gebäude. Es mag mal eine Scheune gewesen sein. Er tastete sich hinein und freute sich über das spärliche Stroh in einer Ecke. Für ein provisorisches Nachtlager reichte es aus. „Dem Himmel sei Dank“, stöhnte er zufrieden und breitete sich aus. Er hätte laut schreien können, so schmerzten seine verletzten Glieder. Notdürftig verband er die blutenden Wunden mit dem Rest eines Bettlakens. Das tat gut und war eine Erleichterung.

Herrliches Morgenrot zeigte sich am Himmel, ein Hauch von Romantik in der Umgebung der rauen Realität. Alex blinzelte vorsichtig durch das Scheunentor. Es war alles paletti. Vor Erschöpfung sank er auf sein Strohbett und schlief fest ein. Das Geräusch eines Pferdewagens weckte ihn. Der Bauer fuhr pfeifend an der Scheune vorbei, ohne nach rechts und links zu schauen. Scheinbar hatte er in der Nähe ein Getreidesilo, denn nach einer Stunde ratterte er vollbeladen, erneut an der Scheune vorüber. Alex war gerettet und fühlte sich in seiner Behausung recht sicher. Nur der Hunger meldete sich. Sein Magen hatte schon mehrmals laut geknurrt. Alex schlich sich unbemerkt zum Getreidesilo. So gut hatte ihm Weizen noch nie geschmeckt. Der kleine Bach, den er ohne aufzufallen, erreichte, sorgte für Wasser.

Wie sollte es nur weiter gehen? Alex war ratlos. Er mußte unbedingt an ein Telefon gelangen – aber wie? Nur im Dunkel der Nacht, konnte er sein Domizil verlassen. Der Tag wurde zu einer Ewigkeit. Er sann nach einem Schlachtplan. Nachts verließ er sein Quartier und erreichte einen kleinen Ort. Mehrere Hunde begannen zu kläffen. Alex versteckte sich hinter einem Baum und wartete ab. Der Ort Winterfeld, wie er am Ortseingangsschild lesen konnte, war menschenleer. Die Hunde waren verstummt. Alex begann zu suchen und entdeckte wirklich eine Telefonzelle, das war seine Rettung. Sein letztes Kleingeld reichte aus, um seine Frau anzurufen.

Anne traute ihren Ohren nicht und glaubte, sie habe geträumt. „Anne, du mußt mir helfen." Er beschrieb genau seinen Standort und wartete und wartete. Alex glaubte schon nicht mehr an ein Wunder, als es doch geschah. Er war völlig entkräftet und abgemagert. Anne hatte ihren Mann in der einsamen Scheune gefunden. Die Wiedersehensfreude war groß. Alex wollte seine Anne gar nicht wieder loslassen. „Wir müssen vernünftig sein", Schatz, sagte sie und gab ihm die prall gefüllte Reisetasche, die sie liebevoll gepackt hatte. Der Abschied war schmerzlich.

Anne quälte sich mit angstvollen Gedanken. Das konnte nicht gut gehen. In Fernsehen und Presse wurde in großen Suchaktionen nach Alex gefahndet und die Bevölkerung zur Mithilfe aufgerufen. Sogar eine Belohnung von 2000 DM wurde ausgesetzt. Schon am folgenden Tag wurde Alex gefaßt und unter noch schärferen Sicherheitsvorkehrungen in den Knast gebracht. Es war aus und vorbei. Er hatte sich sechs zusätzliche Monate Haft eingehandelt. An Ausgang war nicht zu denken.

Martin war auf dem Wege der Besserung. Nach einer Reha-Kur konnte er sich zu Hause erholen. Er strahlte wieder Vitalität und Unternehmungsgeist aus. Caro versuchte, alle Aufregungen von ihrem Mann fernzuhalten. Im Autohaus ging alles seinen Gang. Daniel, sein Stellvertreter, machte seine Sache gut. Der Umsatz hätte besser sein können, doch das war allgemein so, und Martin konnte auch nichts daran ändern. Gelegentlich ließ sich der Chef im Autohaus sehen. An Arbeiten war noch lange nicht zu denken, obwohl es Martin von Tag zu Tag besser ging. Auch an Gewicht hatte er zugelegt, so daß seine Frau manchmal Molly zu ihm sagte und auf sein Bäuchlein zeigte. Martin wußte aber, wie sie es meinte und lächelte Caro zu. Martin hatte nun mehr Zeit für seine Rasselbande. Lisa stand im Sportdreß und übte das Programm ihrer Tanzgruppe. Der Spagat klappte von Mal zu Mal besser. Moritz schaute im Laufgitter zu und freute sich über seine ersten Schritte und jauchzte laut. Er war ein freundliches Kerlchen, das alle gerne hatten. Caroline nutze die letzten Wochen für ihre Fahrschule die sie glänzend meisterte. Martin überraschte seine Frau mit einem fabrikneuen roten Fiesta. Nun war auch sie endlich beweglich!

Das Auto zahlte sich aus. Caro brachte Lisa am Nachmittag zu ihrer Tanzgruppe, die nun schon an drei Tagen trainierte. Moritz saß immer im Kindersitz und klopfte gegen die Autoscheibe. Auch das Einkaufen verlief nun ohne Probleme, und Martin brauchte sich nicht mehr in den für ihn so öden Supermärkten aufzuhalten. Caro, die zu gerne bummelte, traf öfter alte Freundinnen, die sie im Laufe der Jahre aus den Augen verloren hatte. Carmen Schulze schwärmte von ihrem Englisch-Kurs in der Volkshochschule. Caro hatte nur ihre alten Schulkenntnisse, die mit der Zeit verblichen waren.

„Komm doch mit, Caro, wir brauchen noch einige Teilnehmer.“ Schon hatte sie die junge Mutter überredet.

Caroline konnte noch gut in den Kurs einsteigen, da der Unterricht erst zweimal stattgefunden hatte.. Der Mittwoch war nun für den Englisch-Kurs reserviert. Nach der ersten Stunde wollte sie das Handtuch werfen, doch Martin machte ihr Mut. Immer wenn die Kinder im Bett waren, übte sie. Einige Vokabeln hatte sie sich schon gemerkt und auch die Schreiberei klappte besser. Sie konnte kleine Fortschritte erkennen. Schon bald konnte sie einen einfachen Text problemlos übersetzen. Von Mal zu Mal machte ihr die Fremdsprache mehr Spaß. Der Dozent lobte sie öfter und stellte fest: „Frau Zimmermann, Sie sind ein wahres Sprachgenie-“ Caroline errötete leicht, freute sich dennoch riesig. Martin war stolz auf seine Frau und schenkte ihr ein Wörterbuch Deutsch-Englisch von Langenscheidt. Der Frühling stand vor der Tür. In Zimmermanns Garten grünte und blühte es.

Moritz begann die ersten Schritte zu machen. Lisa lockte den kleinen Bruder mit einem Hampelmann. Immer wenn sie ihn zappeln ließ, lief er los und freute sich höllisch, wenn er am Ziel war und von seiner Schwester hochgehoben wurde.

Martin war wieder im Autohaus nach dreimonatiger Pause. Er hatte große Rosinen im Kopf. Er hatte vor, das Autohaus zu erweitern. Das Nachbargrundstück, das er noch vor seiner Erkrankung gekauft hatte, sollte dazu genutzt werden. Die Autohalle für die Neuwagen reichte nicht mehr aus. Schließlich sollten die glänzenden Neuen ordentlich repräsentiert werden. Martins Augen wurden immer größer bei der Vorstellung. Außerdem sollte eine Fahrschule angeschlossen werden. Mehrere Fahrlehrer hatte Martin schon an der Hand, die für sein Unternehmen Interesse zeigten. Er war wieder der Alte, der vor Unternehmungsgeist strotzte.

Die Baupläne lagen vor, es konnte mit dem Bau begonnen werden. Martin schaute zufrieden aus dem Fenster seines Büros. Gerade wurde das Fundament für die neue Autohalle gelegt. Mehrere Bauarbeiter liefen geschäftig über das Gelände. Schon nach einigen Tagen konnte man den Rohbau sehen. Alles verlief nach Plan. Martin hatte keine Kosten und Mühe gescheut, um so schnell wie möglich die Eröffnung zu begehen. Mit viel Fleiß wurde alles termingemäß zu seiner Zufriedenheit geschafft. Daniel, sein Stellvertreter, kontrollierte nochmals die Neuwagen. Alle glänzten so, daß man sich darin spiegeln konnte. Sie waren zur Ansicht und natürlich zum Kauf in dem neuen Trakt ausgestellt. Viele bunte Luftballons, die vor allem Familien mit Kindern anzogen, wiesen auf die Eröffnung bei Ford hin und luden zum Besuch des Autohauses ein. Alle dreißig Mitarbeiter standen freundlich grüßend, im weiträumigen Gelände bereit. Ein Trio ließ gute Stimmung aufkommen. Einige Kinder hatten sich um die Musiker geschart und tanzten schon. Caro stand mit ihren Kindern mitten in der Menge der Besucher und beobachtete das rege Treiben. Moritz war ganz aufgeregt, als er einen Clown erkannte und winkte mit seinem Luftballon. Die ersten Wagen waren schon zu einer Probefahrt unterwegs. Das Geschäft boomte. Martin, der mit einem Kunden fachsimpelte, machte ein zufriedenes Gesicht. Das konnte er auch, als ein großer Tag in seinem Leben sehr erfolgreich zu Ende ging.

Alex saß sehr deprimiert in seiner Zelle und zweifelte daran, daß seine Flucht sinnvoll war. Sein mißglückter Ausbruch hatte an seiner Gesundheit gezehrt. Nur gut, daß Anne und Lukas sein trauriges Dasein ein wenig erhellten. Alle vier Wochen war Besuchszeit für ihn, die Alex herbeisehnte. Leider verging diese eine Stunde viel zu schnell. Manchmal war er sprachlos, wenn Anne mit traurigen Augen den Besucherraum betrat. In ihrem Leben hatte sich auch etwas verändert. Der Schichtdienst im Krankenhaus war für sie unzumutbar. Sie mußte an ihren kleinen Sohn denken, der nur sie zur Zeit hatte. Seit zwei Monaten war sie in einer Arztpraxis für Allgemeinmedizin tätig. Anne hatte eine gute Arbeitszeit und konnte sich besser ihrem Kind widmen. Alex war beruhigt. Zu gerne hätte er seinen Kleinen gesehen. Immer wieder blickte er auf das Foto, das seine Frau ihm mitgebracht hatte.

Annes Chefin, Frau Dr. Lindner, war selbst Mutter von zwei Kindern und zeigte großes Verständnis für die schwierige Situation ihrer Arzthelferin. Schnell hatte Anne sich eingearbeitet. Auch das Blutabnehmen, das ihr anfangs Schwierigkeiten bereitete, ging nun problemlos. Schwester Anne war beliebt bei den Patienten und auch Frau Dr. Lindner lobte ihre Zuverlässigkeit und Umsicht. Lukas entwickelte sich im Kindergarten gut. Tante Kerstin äußerte sich ganz zufrieden. „Er ist etwas wild, doch das wird sich schon geben", meinte sie und strich ihm über das Haar.

Alex blickte immer wieder auf das Bild von Anne und Lukas, das ihm Kraft gab. Die Gefängnismauern hatten ihn zu einem anderen Menschen geformt. Der einst so lebenslustige Alex war depressiv geworden. Obwohl er mehrere Bücher hatte, war er nicht zum Lesen zu bewegen und starrte stundenlang auf einen Fleck. Er zuckte zusammen, als plötzlich die Zellentür aufsprang und jemand vor ihm stand. „Na Alex, hast du wieder schwarze Gedanken?" fragte der immer zu Scherzen aufgelegte Polizeimeister Koch. Alex schüttelte den Kopf „Ab morgen sollst du etwas Nützliches tun und in unserer Elektrowerkstatt zeigen, was du gelernt hast." Alex strahlte, das war ein Lichtblick in seinem öden Dasein. Schon seit längerer Zeit litt er unter Appetitlosigkeit und war total abgemagert. Auch die vom Anstaltsarzt verordneten Medikamente schlugen nicht an. Seine Abneigung gegenüber allem Eßbaren war seelischer Natur. Die Gefängniskost war auch nicht gerade berauschend. Ein Häftling machte sich kürzlich einen Jux und schleuderte einem ahnungslosen Beamten das heiße Essen ins Gesicht. Da war Stimmung in der Haftanstalt und alle spöttelten über den Unglücksraben. Alex war froh, daß er damit nichts zu tun hatte.

Er griff zu seinem Schreibzeug und wollte sich bei seinem Freund Martin in Erinnerung bringen. Täglich wartete er auf Post, doch leider vergeblich. Familie Zimmermann tummelte sich zu der Zeit an der Schwarzmeerküste in Bulgarien. Martin fand den Brief durch Zufall in einer alten Zeitung beim Entsorgen des Altpapiers. Er stutzte und freute sich zugleich. „Alex scheint sich gefangen zu haben“, sagte er zu Caroline, die aufmerksam zuhörte.

Der Kontakt zu Anne war durch Martins Erkrankung in der letzten Zeit etwas vernachlässigt worden, weil Martin und Caroline so viele eigene Probleme hatten. Das sollte sich ändern. Martin war beschämt, daß er Alex und seine Familie so allein gelassen hatte. Sie hatten nur beiläufig erfahren, daß Anne sich beruflich verändert hatte. Die Praxis von Frau Dr. Lindner war nicht weit entfernt von Carolines Reisebüro. Deshalb beschloß sie, in der Mittagspause Anne dort aufzusuchen. Brav nahm sie in dem noch vollen Wartezimmer Platz und wartete gespannt. Im flotten Outfit zeigte sich Anne und rief Frau Kolbe auf, einzutreten. Caro trat ihr forsch entgegen. Anne war überrascht und fragte „Was führt dich denn hierher, Caro? Du bist doch hoffentlich nicht krank?“ „Nein, nein, ich wollte dich nur kurz mal sehen. Wir telefonieren noch und machen einen Treff aus“, und schon war sie verschwunden.

Alex fühlte sich wohl in der Elektrowerkstatt der Haftanstalt. Er hatte eine Beschäftigung, die ihn ausfüllte, und der Tag war nicht mehr so elendig langweilig. Immer noch hatte er dreieinhalb Jahre abzusitzen. Lukas war ein hübscher Junge, der kurz vor der Einschulung stand. Es war schon traurig, daß er ohne seinen Vater aufwachsen mußte. Manchmal fragte er nach seinem Papa, wenn er sah, wie andere Kinder mit ihrem Vater herumtollten. Anne überspielte das geschickt und erklärte ihm, daß sein Papa im Ausland Geld verdienen muß. Damit gab er sich zufrieden. „Manchmal arbeitet dein Papa auch in Berlin, aber er muß noch über drei Jahre dort bleiben, mein Schatz.“ Anne hatte alle Utensilien für die Einschulung besorgt. Der schicke Schulranzen und die bunte Federtasche waren cool, wie Lukas immer sagte. Heimlich lief er manchmal mit dem Ranzen durch das Zimmer und spielte Schule. Seine große Sorge war nur, daß sein Freund Sebastian vielleicht nicht in seine Klasse kommen würde. Das wäre eine Katastrophe, wo die beiden unzertrennliche Freunde waren. Alex war sehr traurig, daß er nicht die Einschulung von Lukas miterleben konnte. In Gedanken war er bei Anne und seinem Sprößling. Lukas stand in einem weinroten Anzug mit dem Ranzen auf dem Rücken und der Zuckertüte im Arm auf dem Schulhof bei den gleichaltrigen ABC-Schützen. Nach dem Gruppenfoto war er erleichtert. Endlich durfte er nach Hause. Vor Neugier wäre er fast geplatzt, was wohl in der riesigen Schultüte war. Außen hatte Anne ein kleines Sträußchen und einen kuscheligen Teddy angebunden. Lukas schüttete den Inhalt auf den Küchentisch und jauchzte vor Begeisterung. Was kam da alles herausgefallen? Neben einigen praktischen Dingen fand er Süßigkeiten, ein Märchenbuch und Buntstifte. Die größte Überraschung waren die Zirkuskarten, die Anne für den Nachmittag besorgt hatte. Lukas drückte seine Mama und öffnete die Tüte mit den Smarties. Alex fand einen Brief von Anne auf seinem Tisch, als er nach getaner Arbeit in seine Zelle trat. Das Einschulungsfoto von Lukas ließ seinen Puls höher schlagen. Lukas hatte sogar seinen Namen mit wackligen Druckbuchstaben selbst geschrieben. Immer wieder betrachtete er das Bild und stellte es auf den Tisch, daß es jeder gleich sehen konnte. Wehmütig legte er sich auf sein Bett und sehnte sich nach seinem Zuhause.

Anne war eine starke Frau, die mit beiden Füßen auf der Erde stand. Man mußte sie bewundern. Schon so viele Jahre hatte sie für alles allein die Verantwortung und klagte nie.

Lukas hatte keine Lernprobleme, doch hin und wieder ließ seine Disziplin zu wünschen übrig. In den ersten beiden Stunden war er noch aufmerksam, doch dann war es aus und vorbei. Anne war ratlos und versuchte, ihn durch Belehrungen und Strafen zu ändern. Auch die ständigen Ermahnungen seiner Lehrerin ließen keine Fortschritte erkennen. Auch Annes Chefin wußte keinen Rat und überwies Lukas zu einer Kinderneurologin, die Hyperaktivität diagnostizierte. Anne war geschockt. Sie hatte schon davon gehört, wollte aber nicht wahrhaben, daß ihr Kind an solch einer Krankheit erkrankt war. Lukas war schon immer ein lebhafter Junge. Er sprang auf Tische und Stühle und konnte nicht fünf Minuten still sitzen. Anne hatte sich nie etwas dabei gedacht. Auch die Kindergärtnerin hatte nie geklagt. Die verordneten Tabletten halfen ein wenig, doch Lukas fiel immer wieder in der Klasse auf und lenkte seine Mitschüler ab. Er war so intelligent, daß er dem Unterrichtsgeschehen trotzdem folgen konnte, das bestätigte auch die Psychologin. Anne sehnte die Ferien herbei. Täglich übte sie nach Feierabend mit Lukas . Mit dem Lesen hatte er Probleme, denn die Fibeltexte konnte er auswendig. Anne kaufte ein Wilhelm-Busch-Buch in Farbe. Immer vor dem Einschlafen las sie ihrem Sohn die Streiche von

Max und Moritz vor. Wenn es spannend wurde, mußte Lukas versuchen, selbst zu lesen. Das klappte gut und schon bald fand er Gefallen daran.

Caro griff zum Telefonhörer und wählte Annes Nummer und lud sie mit Lukas zum Kaffee ein. „Lisa und Moritz freuen sich schon“, sagte sie und legte dann auf. Der Garten des Einfamilienhauses war ein richtiger Park geworden. Alles war üppig gewachsen Die Gladiolen blühten prächtig, und der Rasen hatte ein saftiges Grün. Moritz kam mit seinem Dreirad entgegen und Lisa schaukelte gerade, als Anne und Lukas eintrafen. „Da seid ihr ja schon.“ begrüßte Caro ihre Gäste. Es wird Zeit, daß wir mal wieder etwas voneinander hören. Martin wird gleich kommen. Er mußte noch mal in die Firma, weil eine Lieferung Neuwagen eingetroffen war. Pfeifend näherte sich der Hausherr seinem Grundstück. Carolines herrlicher Apfelkuchen kam an und im Handumdrehen war der Kuchenteller leer. „Lukas, du siehst noch so hungrig aus, ich hole noch Kuchen. Es ist genug in der Küche.“ Anne staunte, wie groß die Kinder geworden waren. Lisa sah mit ihren zehn Jahren wie eine junge Dame aus. Sie war selbstbewußt und nicht auf den Kopf gefallen. Alle staunten über ihre schlagfertigen Antworten. Sie paßte in die moderne Welt. Moritz war dagegen zurückhaltend und schüchtern. Wenn es ging, versteckte sich der Vierjährige gerne hinter seiner Mama und war ein Muttersöhnchen wie Lisa meinte. „Wie man sieht, geht es euch gut“, bemerkte Anne. „Zur Zeit ja, antwortete Caro. Wir haben aber böse Zeiten hinter uns und befinden uns nun auf einem aufsteigenden Ast. Martin hatte einen schweren Herzinfarkt und war drei Monate außer Gefecht gesetzt. Es ging immer hin und her zwischen Bangen und Hoffen. Das hat Kraft gekostet. Nun haben wir es geschafft und sind unendlich dankbar dafür.“ „Das reicht jetzt von meiner Krankheit. Wir können auch Positives berichten. Gerade habe ich die neue Autohalle eingeweiht und das Gelände um einige Quadratmeter erweitert. Darauf bin ich sehr stolz." „Ich habe davon in der Zeitung gelesen. Das muß eine tolle Party gewesen sein, warf Anne ein. Martin, du bist ein erfolgreicher Unternehmer. Das müßte Alex einmal hören und sich ein Beispiel nehmen. Ihr seid halt zwei ungleiche Freunde." Martin zuckte mit den Achseln und schwieg. Er hatte ein schlechtes Gewissen, weil er sich so lange nicht um seinen alten Kumpel gekümmert hatte. „Du hattest mit dir zu tun. Sei dankbar, daß es dir wieder so gut geht", „dank des Herzschrittmachers", vervollständigte Martin seine Krankengeschichte.

„Alex darf seit kurzem in der Elektrowerkstatt der Anstalt arbeiten und fühlt sich dort wohl. Das Gammeldasein Tag für Tag hat ihn fertiggemacht. So vergeht der Tag auch viel schneller, und er weiß, was er getan hat." Martin zeigte den langen Brief von Alex, den er vor längerer Zeit erhalten hatte. „Wenn es etwas ruhiger in der Firma ist, versuche ich mich frei zu machen. Dann ist ein Besuch fällig. Das bin ich meinem alten Freund schuldig". Anne war sichtlich erfreut über diese Zusicherung und wußte, daß Martin hält, was er verspricht.

Nach einigen Wochen war es so weit. Martin startete alleine. Er hatte Herzklopfen, als er in den Besucherraum geführt wurde. Nach einer Weile kam Alex, der gut aussah. Er sah zufrieden aus und freute sich über den unerwarteten Besuch. Alex hatte noch drei Jahre Haft vor sich und hatte auf Grund seiner Flucht mit einer Amnestie nicht zu rechnen, leider. Er war glücklich, daß er arbeiten durfte und ließ sich nichts zu Schulden kommen. „Nach der Arbeit lese ich alle Bücher, die Anne mitgebracht hat." Stolz reichte er Martin das Einschulungsfoto von Lukas. „Du hast einen prächtigen Sohn", sagte Martin. „Anne und er waren kürzlich bei uns. Er hat mir auch schon etwas vorgelesen, ein gewitzter Bengel." Alex strahlte und gleichzeitig standen Tränen in seinen Augen.

Auf dem Heimweg hätte Martin fast einen Unfall gebaut, weil ein entgegenkommender Autofahrer die Kurve geschnitten hatte. Zum Glück war alles gut gegangen. Martin fuhr ziemlich unkonzentriert. Sein Freund Alex ging ihm durch den Kopf. Schließlich war er ja selber Schuld an der Scheiße, die er gebaut hatte.

Katrin hatte ihr Studium abgeschlossen und arbeitete an der Tierklinik in Potsdam. Mit ihrem Freund Olaf wohnte sie in der Nähe vom Park Sanssouci. Olaf war gerade bei seiner Facharztausbildung zum Chirurgen. Er war ein richtiger Streber und hatte außer Lernen kaum andere Interessen. Katrin ärgerte ihn zu gerne und versteckte manchmal seine Bücher, wenn ihr seine Paukerei zu viel wurde. Hin und wieder traf sie sich mit ehemaligen Kommilitoninnen zu einer Shopping-Runde. Potsdam hatte niedliche Boutiquen, die ihrem Modetrend gerecht wurden. Am liebsten bummelte sie mit ihrer besten Freundin Angelika, die sie beraten mußte. „Geli, schau mal, wie findest du das hellgrüne Jackenkleid mit der Spitze?" fragte Katrin und zupfte sie am Arm. „Irre", war die Antwort und schon war das Geschäft gemacht. Olaf, der nicht viel von Mode verstand, war auch begeistert als sie darin vor ihm stand. „So werde ich mit dir in die Oper gehen", beschloß sie. Potsdam hatte als Landeshauptstadt von Brandenburg, kulturell viel zu bieten. Katrin hatte länger nichts von ihrem Bruder gehört. Sicher steckt er wieder Tag und Nacht in seinem Autohaus und vergißt dabei seine Familie. Auch ihre Eltern wußten nichts von Martin und Anhang. Seit seinem Infarkt hatte er sich in Schweigen gehüllt. Katrin entschied, ihren Bruder zu überraschen. Mit dem Bus kamen sie bequem zu Martin. Wenige Meter hinter Martins Grundstück war die

Haltestelle, die sie nach 40-minütiger Fahrt erreichten. Caro war erfreut und führte beide auf die Terrasse. „Macht es euch bequem, ich koche Kaffee und wecke Moritz, der noch sein Mittagsschläfchen hält.“ Katrin schlich ins Kinderzimmer, in dem der Kleine noch süß schlummerte. „Hallo, mein Schatz, schau mal, wer hier ist“, begrüßte sie ihren Neffen, der die Arme ausstreckte, um Tante Katrin zu begrüßen. Erst als die Kaffeetafel aufgehoben war, traf Martin ein. Das ist ja eine Überraschung, Schwesterchen, euch nach langer Zeit zu sehen. Ich hoffe, es geht euch gut.“ Es gab eine Menge Gesprächsstoff auf beiden Seiten, und die Zeit verging wie im Fluge. Olaf drängelte zum Aufbruch im Hinblick auf seine bevorstehende Facharztprüfung, die er demnächst in Cottbus ablegen mußte.

Martins Eltern verlebten einen Kururlaub in Marienbad. Eine Ansichtskarte war ins Haus geflattert. „Meine Eltern machen das richtig. Wenn wir so alt sind, verreisen wir auch mehr, Caro.“

Sie lachte und dachte sich ihr Teil. In Wirklichkeit hatte sie schon längst einige Kataloge gewälzt und sich etwas Passendes für die schlechte Jahreszeit ausgesucht. Sie wartete auf die Herbstferien. Ohne ihren Mann zu fragen hatte sie zwei Wochen Türkei gebucht. Am 10. Oktober sollte es losgehen. Nur Lisa hatte Caro eingeweiht, und sie konnte schweigen. Die Große hatte sich in ihr Zimmer zurückgezogen und packte ihren Rucksack. Ganz wichtig war ein Buch zum Schmökern, denn sie war eine Leseratte und hatte fast die ganze Schulbibliothek durch. Martin wurde erst kurz zuvor informiert. Er sträubte sich mit Händen und Füßen. Es wäre fast zu einem Ehekrach gekommen, wenn Lisa nicht für Mama Partei ergriffen hätte. Martin glaubte, wie immer unabkömmlich zu sein. Sein Stellvertreter Daniel wußte längst Bescheid, denn auch das hatte seine clevere Frau geregelt. Martin bestaunte die Initiative seiner Frau und lernte immer neue Seiten an ihr kennen. Moritz stand mit seinem kleinen Rucksack auf dem Flugplatz und beobachtete die ankommenden Flieger. „Schon wieder einer“, schrie er und zog die Aufmerksamkeit der Wartenden auf sich. Endlich saßen alle in der Boeing 737. Als die Flugbegleiterinnen mit dem Servierwagen die Getränke und einen Imbiß austeilten, rief er: „Mama, endlich gibt es was zu essen!“ Caro errötete leicht, während Martin und Lisa schallend lachten. Mitten in der Nacht erreichten sie ihr Hotel „Delphin“. Vom Umfeld war in der Dunkelheit nicht viel zu erkennen. Moritz interessierte sich für den großen Springbrunnen, der in der Empfangshalle plätscherte. Caro schien das richtige Hotel ausgesucht zu haben. Mehrere Pools mit Wasserrutschen weckten Lisas Interesse. Die Hotelanlage war gut gepflegt. Viele Palmen und andere Bäume sowie Blumenrabatten erfreuten die Gäste, die sich unter den Sonnenschirmen auf ihren Liegen erholten. Martin betrachtete das Meer, das gleich hinter der Hotelanlage war. Der starke Wind sorgte für meterhohe Wellen. Eine rote Fahne zeigte Badeverbot an. „So wird es hoffentlich nicht die ganze Zeit sein“, meinte er und zitierte seine Familie zurück an den Pool. Moritz lag auf einer fremden Liege und merkte nicht, daß eine junge Frau vor ihm stand und ihn streichelte. „Na Kleiner, du hast dich wohl verlaufen?“ meinte sie, während Caro lächelte und ihn wegzog. Moritz tummelte sich mit Schwimmflügeln und Schwimmring im Kinderbecken mit seiner Mama. Martin und Lisa probierten die Wasserrutschen aus. Das klatschte vielleicht, als Martin von Moritz freudig begrüßt, ins Wasser plumpste. Abwechslung gab es genug. Der große Spielplatz war bald der Lieblingsort für Moritz und Treffpunkt der Knirpse. Die kleinen Spielgefährten, die zum Teil Ausländer waren, hatten keine Verständigungsprobleme. Caroline, die Gummibärchen verteilte, war sehr beliebt und stets umringt von den Kleinen.

Eine Bootsfahrt auf dem Meer und ein Einkaufsbummel in Antalya waren der Höhepunkt des Familienurlaubs. Die Kinder waren begeistert, es gab so viel zu bewundern, vor allem auf dem riesigen Markt. Die südliche Hitze von mehr als 30 Grad, sorgte für ein ständiges Durstgefühl. Martin trug immer eine Literflasche Wasser mit sich für die durstige Familie.

Bei der Bootsfahrt gab es eine besondere Attraktion. Ein Taucher sprang vom Boot in die Fluten des Mittelmeeres und tauchte zum anderen Ufer. Dort kletterte er auf einen 25 Meter hohen Felsen und sprang ins Meer. Er schwamm wieder zum Boot und bestieg es. Das war eine tolle Sache, die alle begeisterte. Moritz schaute immer wieder fasziniert zu dem Taucher, der danach sogar Getränke servierte. „Cool“, sagte er zu Pedro und klatschte begeistert in die Hände, dann gab er ihm das Trinkgeld, das sein Papa reichte.

Jeden Abend fand im Garten der Hotelanlage ein abwechslungsreiches Programm statt. Während der Kleine schlummerte, durfte Lisa mitkommen. Sie schwärmte besonders von einer russischen Tanzgruppe, die mit viel Grazie ihre Darbietungen zeigte und großen Applaus erntete. „Mama, so möchte ich auch einmal tanzen können“, meinte sie begeistert. „Gewiß, mein Schatz, wenn du fleißig trainierst, wirst du auch so eine tolle Tänzerin“, sagte Caro und streichelte ihre künftige Ballerina.

Der herrliche laue Abend regte Caro und ihren Mann zu einem Strandspaziergang an. Der Vollmond und der klare Sternenhimmel, das Rauschen des Meeres, ließen die beiden vergessen, daß es schon spät war. Erst als sie vor einem Zaun standen, traten sie den Rückweg an. Eng umschlungen, wie in alten Zeiten, schlenderten sie durch die Nacht. Es war schon Mitternacht vorbei, als sie das Hotelzimmer betraten und ihre Kinder friedlich schlafend vorfanden. Die Urlaubstage gingen zu Ende. Abends genossen alle noch einmal das herrliche Obstbufett. An den köstlichen Weintrauben konnten sie nicht vorbei gehen. Moritz hielt sich an den großen, saftigen Pfirsichen, die er immer selbst aussuchte, schadlos. In jeder Hosentasche ließ er heimlich eine der prächtigen Früchte verschwinden. Wehmütig warfen sie noch einen letzten Blick auf ihr Hotel und bestiegen den Bus, der sie zum Flugplatz nach Antalya brachte.

Martin machte einen Kontrollgang um sein Grundstück. Alles schien in Ordnung zu sein. Nur der Garten war verwildert. Der stürmische Herbstwind ließ die bunten Blätter durch den Garten tanzen, der Briefkasten quoll fast über. Berge von Werbung entsorgte Martin in den Papiercontainer. Es war ein Jammer um das viele Papier, aber wir haben es ja, schimpfte er vor sich hin. Der große Kastanienbaum hatte viele Früchte abgeworfen. Lisa sammelte die Kastanien in einen Korb, den Moritz voller Begeisterung umkippte. Als sie zu schimpfen begann, versteckte er sich hinter einem Baum und kicherte. Caroline hatte die Krankschreibung einer Kollegin auf ihrem Schreibtisch vorgefunden. Das kühle, schmuddelige Herbstwetter sorgte jedes Jahr für einen höheren Krankenstand. Zum Glück hatten sich Zimmermanns gegen Grippe impfen lassen.

Früher als sonst stieg Caro in ihren roten Flitzer. Zur Begrüßung hatte sie einen deftigen Pflaumenkuchen gebacken, Das ganze Auto duftete danach. Sie war guter Dinge und freute sich auf ihre Arbeit. An einer Ampel, an der sie verkehrsbedingt halten mußte, gab es einen Knall und dann einen Ruck. Caroline erschrak fürchterlich. Kreidebleich stieg sie aus und begutachtete den entstandenen Schaden. Eine kleine Beule und einige Kratzer waren zu sehen. „So ein Idiot, kann der dumme Trottel denn nicht aufpassen", stammelte sie vor sich hin. Ein junger Mann eilte herbei und entschuldigte sich bei ihr und lief dann nervös hin und her. Als er sich gefaßt hatte, meinte er „der Schaden scheint nicht groß zu sein" und blickte auf die Beule. „Wenn Sie einverstanden sind, verzichten wir auf die Polizei." „In Ordnung", sagte Caroline und nahm die Visitenkarte des Unfallverursachers an sich. Mit den Worten „Sie hören von mir" verschwand der Mann mit seinem BMW. Caro studierte die Visitenkarte „Dr. Carsten Wolf – Facharzt für Gynäkologie". Sie stutzte, irgendwie kam ihr der Name bekannt vor. Dann fiel der Groschen. Bei der Geburt von Moritz war er Stationsarzt auf der Entbindungsstation. So ein Zufall! Schon am nächsten Tag meldete sich der Doktor telefonisch und entschuldigte sich nochmal. „Mir ist die Sache sehr peinlich, Frau Zimmermann. Nach meinem Nachtdienst in der Klinik war ich etwas unkonzentriert und schon war es passiert. Meine Versicherung habe ich informiert und hoffe nun, daß der Schaden bald behoben werden kann. Nach einigen Tagen stand Dr. Wolf mit einem Blumenstrauß im Reisebüro und verlangte Frau Zimmermann. Caro errötete leicht, als sie ihn erkannte. „Zur Versöhnung ein paar Blümchen, vielleicht können wir das kleine Mißgeschick mit einem Gläschen Wein runterspülen." Dann entfernte er sich mit einer Verbeugung.

Martin hatte längst die Spuren des Auffahrunfalls beseitigt. Der Fiesta sah aus wie neu. „Du scheinst dir dabei einen Rosenkavallier geangelt zu haben, Schatz", scherzte Martin und setzte sich zum Zeitunglesen in die Sesselecke. Caro hatte die Wohnung weihnachtlich hergerichtet. An allen Fenstern

hatte sie Schwippbögen und weihnachtliche Dekorationen aufgehängt. Das Haus sah wie verzaubert aus. Besonders Moritz freute sich über die vielen Lichter. Das neckische Räuchermännchen aus dem Erzgebirge, das so aparte Düfte verbreitete, hatte es ihm angetan. Lisa half beim Plätzchenbacken und probierte gerne die köstlichen Pfefferkuchen. Der große Teller Lebkuchen lockte Martin in die Küche. Er konnte nicht umhin, sich eine Kostprobe zu genehmigen.
Die meisten Geschenke waren eingekauft. Nur das Kinderfahrrad für Moritz fehlte noch. Der dritte Advent stand vor der Tür. Lisa und Moritz hatten schon viele Türchen von ihrem Adventskalender geöffnet und leckere Überraschungen gefunden. Langsam erreichte die Spannung und die Vorfreude auf das Weihnachtsfest ihren Höhepunkt. Moritz hatte Respekt vor dem Weihnachtsmann. Ob er wirklich erscheinen würde, war noch fraglich. Martin hatte noch niemand für diese Rolle gefunden.

Ein Anruf von Herrn Dr. Wolf veränderte Zimmermanns Pläne. Er lud Caroline mit ihrem Mann zum gemütlichen Weinabend ein. Mit einem Orchideenstrauß standen beide vor der Villa und warteten darauf eingelassen zu werden. Der Hausherr öffnete und hieß seine Gäste willkommen. Im Wohnzimmer wartete seine Frau, der Martin die Blumen überreichte. Als alle in der gemütlichen Couchecke Platz genommen hatten, stießen die vier mit einem lieblichen Rhein-Mosel-Wein Spätlese auf ihre ungewöhnliche Bekanntschaft an. Wolfs waren Mitdreißiger und hatten auch zwei Kinder. Sohn Johannes, der 13-jährige, besuchte das Gymnasium. Tochter Maria war acht und ging in die dritte Klasse. Es gab viele Gemeinsamkeiten, wie Dr. Wolf feststellte, als er die zweite Flasche Wein öffnete. Seine Frau war Lehrerin für Deutsch und Englisch. Da war Caroline richtig. Sie besuchte noch immer den Englischkurs in der Volkshochschule. „Ich finde das toll, daß Sie das machen bei der geringen Freizeit einer berufstätigen Mutter“, bemerkte Frau Wolf und nickte ihr zu. Caro lächelte verschmitzt. „Das bekomme ich schon in die Reihe, schließlich ist mein Mann auch noch da. Er kümmert sich um die Kinder, wenn ich im Englisch-Kurs bin.“ Langsam zeigte der Wein seine Wirkung. Alle kicherten, und die Gespräche wurden immer lauter. Die Themen über Autos, Reisen, Kindererziehung und Mode rissen nicht ab. Die vier verstanden sich prächtig und merkten nicht, wie die Zeit verging. Frau Wolf servierte noch Mokka und kleine Schnittchen für den Hunger nach Mitternacht. „Das war eine Klasse Idee von dir, Utchen, sagte Dr. Wolf und schaute seine charmante Frau verliebt an.

Als sie erneut auf ihre mysteriöse Begegnung anstießen, sagte Dr. Wolf „übrigens heiße ich Carsten und meine Frau Ute. Wollen wir nicht zum „Du“ übergehen?“ „Wir heißen Caroline und Martin“, verkündete sein Nachbar. Schon gab es wieder einen Grund zum Anstoßen, doch nun auf die Brüderschaft. Nach dem Brüderschaftskuß wurde die Unterhaltung immer lockerer. Als die Runde gegen vier aufgehoben wurde, hatten Zimmermanns Mühe, nach Hause zu kommen. Die Nacht war kurz, aber sie hatten einen bezaubernden Abend mit den Zufallsbekannten, die nun Freunde wurden. Weihnachten stand vor der Tür. Heiligabend war Familientreffen in der Villa am Blütengrund. Das geräumige Haus bot sich dafür an. Pünktlich zum 24. Dezember hatte Frau Holle ihre Betten geschüttelt und den langersehnten Schnee beschert. Martin schippte den Hauseingang frei. Nach der gemeinsamen Christvesper in der Marienkirche nahm für Moritz das Warten ein Ende. Nach dem zünftigen Abendessen mit Kartoffelsalat und Würstchen war es so weit. Bei Moritz war

Hochspannung angesagt. Er tänzelte hin und her und war nicht mehr zu bändigen. Die Erwachsenen hatten schon rote Wangen von dem leckeren Glühwein. Die gut gewachsene Nordmanntanne erstrahlte im Lichterglanz der elektrischen Kerzen. Auch Lisas selbstgebastelten Strohsterne und Schokoladenringe schmückten den Baum. Dann klingelte es mehrmals und polterte laut. Moritz war blitzartig unter dem Tisch verschwunden. Der Weihnachtsmann war eingetroffen. „Bin ich da richtig bei Zimmermanns?“ fragte er heiser. Ist denn der kleine Moritz nicht da?“ „Doch“, flüsterte dieser zaghaft und guckte unter dem Tisch vor. „Dann komm schnell her, befahl der alte Mann. Kannst du ein Lied singen oder ein Gedicht aufsagen?“ fragte er und setzte seinen schweren Sack auf die Erde. Moritz begann mit zitternder Stimme „Lieber, guter Weihnachtsmann, schau mich nicht so böse an, stecke deine Rute ein, ich will immer artig sein.“ „Das hast du aber schön gemacht. Ich habe gehört, daß du manchmal nicht essen willst. Ist das so?“ Moritz nickte ängstlich. „Das muß sich ändern, mein Kleiner.“ Moritz guckte verständnisvoll. „Na, dann will ich dir trotzdem einige Geschenke geben und griff nach den liebevoll verpackten Paketen. Moritz fiel ein Stein vom Herzen. Nun waren alle anderen dran. Auch die Eltern und Großeltern mußten singen, bevor sie ein Geschenk bekamen. „Hier ist ja noch etwas“, meinte der Weihnachtsmann. „Habe ich denn jemand vergessen?“ Lisa nickte bescheiden in ihrer Ecke und war dem Weinen nahe. „Richtig, hier ist noch ein Riesenkarton für Lisa.“ Unaufgefordert sang sie „Stille Nacht …“ „das reicht“, gab sich der Weihnachtsmann zufrieden und stapfte durch die weiße Weihnachtsnacht.

Alex war gerührt, als er zum Fest ein großes Paket erhielt. Der Absender war sein Freund Martin. Beim Auspacken kamen ihm die Tränen. Caro hatte liebevoll einige Geschenke und Süßigkeiten eingepackt. Am meisten freute er sich über den warmen Pullover und das Foto von der ganzen Familie. Wie sehr vermißte er Anne und Lukas gerade an den Feiertagen. Lukas hatte einen Brief an seinen Papa geschrieben. Er war nicht fehlerfrei, zeugte aber von so viel Liebe, daß Anne ihn nicht verbessert hatte. Am zweiten Feiertag traute er seinen Augen nicht, als Anne und Lukas vor ihm standen. Die Tränen konnte er nicht verbergen. Gemeinsam durften sie Kaffee trinken und die leckere Dresdener Stolle essen, die Anne mitgebracht hatte. Lukas hatte einen Bilderrahmen für seinen Papa gebastelt, in den er sein Foto stellen sollte. Alex war überwältigt und dankbar für jedes Zeichen der Zuneigung. Wieder allein, betrachtete er alles in Ruhe. Er nahm sich gleich den dicken Roman von Anne vor. Lesen war zu seinem größten Hobby geworden.

Für Sylvester hatten Zimmermanns noch keine Pläne. „Wir bleiben daheim“, meinte Martin und blickte aus dem Fenster. Viele kleine und große Schneeflocken tanzten durch die Winterlandschaft zur Freude aller Kinder. Martin holte den Schneeschieber. „Das ist mein Ausgleichssport, wenn ich mich sonst schon nicht sportlich betätige.“ „Im neuen Jahr muß das anders werden“, meinte Caro energisch. Es kam ganz anders als geplant. Wolfs hatten eine Sylvesterreise nach Oslo gebucht und noch zwei Plätze frei. Sie überredeten ihre Bekannten mitzufahren. Caro war sofort Feuer und Flamme, während Martin noch zögerte. Utes Überredungskünste zeigten Wirkung. „Wir kommen mit“, war die Antwort und die Aufregung groß. Martin suchte den Autoatlas heraus, um die Fahrtroute zu finden, die der Bus fahren wollte. Am 28. Dezember war Treffpunkt am Bahnhof. Ein moderner Reisebus von Catherina-Reisen stand pünktlich um 19 Uhr am Abfahrtsort. Wolfs winkten schon, als Caro und Martin endlich eintrafen.

Die Fahrt konnte beginnen, denn sie waren die Allerletzten. Eine lange Nacht stand bevor, aber man konnte in dem bequemen Bus gut schlafen, wie Martin später feststellte. Nach der Begrüßung durch Frau Kruse, die Reiseleiterin, lenkte der Fahrer auf die Autobahn. Die Straßen waren verschneit und etwas glatt, doch der Bus hatte Schneeketten, das war beruhigend. In Norwegen war noch mehr von der weißen Pracht zu erwarten. Reger Reiseverkehr zum Jahreswechsel erschwerte die Fahrt. Busfahrer Jörg hatte Mühe, kurz vor Mitternacht die Fähre in Puttgarden zu erreichen. Die Überfahrt nach Dänemark war nur kurz und wäre für Zimmermanns bald zu einer Katastrophe geworden. Bei dem Rundgang auf Deck hatten sie die Orientierung verloren und nur mit Mühe den Bus zur vereinbarten Zeit gefunden. Zu Fuß wäre es problematisch geworden. Martin war total durchgeschwitzt, als er wieder auf seinem Platz saß. Ute meinte ein wenig ironisch „das habt ihr davon, wenn ihr ohne uns unterwegs seid“. „Ja“, sagte Martin, wer den Schaden hat, braucht für den Spott nicht zu sorgen. Die meisten Fahrgäste machten ein Nickerchen bei der kurzen Tour durch Dänemark und erwachten erst, als die nächste Fähre in Helsingor erreicht war. Auch die Überfahrt nach Helsinbar in Schweden dauerte nicht lange. Carsten räkelte sich und kuschelte sich an seine Frau. Der anstrengende Arbeitstag im Krankenhaus war ihm anzusehen. „Hier scheint es gar nicht hell zu werden“, meinte Caro zu Martin. Überall brannte am Tage Licht und viele Weihnachtsdekorationen sowie Schwippbögen schmückten die Fenster. Es sah richtig romantisch aus. Die Bäume stöhnten unter der gewaltigen Schneelast. Sie umfuhren Göteborg. Viele Häuser und Türme und viel, viel Licht deutete auf eine große Stadt hin. Gegen Mittag hatten sie endlich Oslo erreicht. Alle waren froh, als der Bus vor dem großen Luxushotel am Rande der norwegischen Metropole hielt. Es war kalt im Lande der vielen Seen und Fjorde. Das Thermometer zeigte minus 12 Grad an. „Die Hotelzimmer sind hoffentlich gut geheizt“, spöttelte Martin und schloß die Tür auf. Caro warf sich auf ihr Bett und wäre am liebsten liegen geblieben, so erschöpft war sie. Schon nach kurzer Toilette war die Stadtrundfahrt durch Oslo angekündigt. Wolfs, die das Nachbarzimmer bewohnten, mahnten zum Aufbruch. Gewaltige Schneemassen säumten die Straßen. Die Schneepflüge waren pausenlos im Einsatz, denn es schneite, was das Zeug hielt. Der Scheibenwischer schaffte kaum, die große Frontscheibe frei zu halten. Caro schaute fasziniert dem Tanz der Schneeflocken zu. Trotz des feuchten Wetters präsentierte sich Oslo mit regem Leben. Einige Väter tummelten sich mit ihren Sprößlingen im Schnee. Gerade hatte ein riesiger Schneemann noch eine rote Nase bekommen. Die Kinder tanzten um ihn herum. Caro ließ ihre Gedanken nach Hause eilen und dachte, was machen wohl unsere beiden gerade bei Oma und Opa. Sie griff zum Handy und hörte am anderen Ende: „Hier ist Lisa Zimmermann und wer ist da?“ Caro staunte, wie gut ihre Tochter schon telefonieren konnte und sagte: „Hier ist Mama, mein Schatz. Wir hoffen, daß ihr brav seid und eure Großeltern nicht ärgert.“ Dann meldete sich Opa Günter und meinte „eure Kinder sind mustergültig. Wir kommen eben aus dem Kino. Lisa hat heute sogar gekocht.“ Moritz wollte auch telefonieren und meldete: „Ich habe ganz alleine Tisch gedeckt.“ Caro war beruhigt, als der Opa sagte: „Macht euch keine Sorgen, wir kommen schon klar . Die Führung durch das historische Rathaus mit vielen wertvollen Gemälden weckte bei allen besonderes Interesse. Die norwegische Reiseleiterin führte die Gruppe in einen großen Saal. „Hier wird immer der Nobelpreis verliehen“, verkündete sie nachdrücklich. Die Stadtrundfahrt führte vorbei an der Universität sowie an berühmten Gebäuden, Kirchen und der Residenz der Königsfamilie. Es war beeindruckend für alle. Das Thermometer war auf minus 15 Grad gefallen. Die durchwachte Nacht trug dazu bei, daß alle fröstelten und sich auf die wohlige Wärme im Hotel freuten. Nach dem Abendessen mit köstlichem Lachs und anderen Spezialitäten, stand ein Folkloreabend auf dem Programm. Die junge norwegische Ansagerin, die ihre Deutschkenntnisse testete, hatte so lustige Versprecher, daß es zum Totlachen war. Obwohl die Tanzgruppe ihr Bestes gab, meinte Martin am Ausgang „darauf hätte ich gut verzichten können", und grinste. Auf der Tour nach Lillehammer filmte Martin pausenlos, so daß es Caro schon zu viel wurde. Die große Sprungschanze war Anziehungspunkt für Jung und Alt. Leider waren die bekannten Ski-Asse nicht auf der Piste. Erst Neujahr war hier ein großes Internationales Ski-Springen angekündigt mit allen Experten, die Rang und Namen hatten. Caro schwärmte noch immer für Martin Schmitt und hätte ihren Favoriten gerne live erlebt, doch leider waren sie dann schon wieder auf der Heimfahrt. Das bedauerte sie sehr, wo sie Schmitti, wie sie ihn nannte, so nahe war. Sie hatte aber ihren Martin und das war die Hauptsache.

Der Sylvestertag verlief in Oslo ungewöhnlich still. Das Leben in der norwegischen Hauptstadt war wie an jedem anderen Tag. Die Läden hatten bis zum späten Abend geöffnet. Nichts kündigte den Jahreswechsel an, nicht mal einige Knaller wie in Deutschland. Die Beleuchtung in den Büros war überall eingeschaltet, so daß man annehmen konnte, Sylvester fällt dort aus. Weit und breit war es ruhig, sehr ruhig für den letzten Tag des Jahres. Es war ein stinknormaler Tag ohne Knallerei und Feiertagsstimmung. Der Bus brachte seine deutschen Gäste nach Drevak in das weltberühmte Weihnachtsmann-Museum. Die klirrende Kälte des Sylvestertages bot sich an, um die schützende Wärme dieses Hauses zu suchen. Was gab es da alles zu bestaunen. Dicht bei dicht waren weihnachtliche Dekors aneinander gereiht. Weihnachtsmänner in diversen Ausführungen, Puppen, Leuchter etc. erfreuten die Besucher und regten so manchen zum Kauf an. Alle waren beeindruckt von der Vielfalt der norwegischen Volkskunst. Caro und Martin suchten lange nach einem landestypischen Geschenk für ihre Kinder und die Eltern.

Viel Zeit war nicht geblieben bis zum Beginn der großen Sylvesterparty im größten Hotel der norwegischen Metropole. Caro sah in ihrem roten Lurexkleid hinreißend aus, wie Martin feststellte. Auch Martin war eine elegante Erscheinung in dem grauen Anzug. Sie waren ein hübsches Paar, das Aufmerksamkeit erregte. Schon im Bus lachten alle schallend, als Jörg Witze erzählte, die kein Ende nahmen. Alle waren in bester Partylaune. Ute konnte sich vor Lachen kaum noch halten, als sie Carsten eine Kappe aufsetzte. Alle hatten Hüte auf oder Papierschlangen um den Hals. Es sah lustig aus.

Der riesige Festsaal, der für 500 Gäste vorbereitet war, überraschte alle. Unzählige Luftballons und Papierschlangen sowie die festlich eingedeckten Tische begeisterten die Eintreffenden. Prächtige Stimmung war vorprogrammiert. Der Geschäftsführer des Reiseunternehmens eröffnete mit seinem Team den Sylvesterball. Ein Tusch der eigenen Band forderte die Gäste zum Tanzen auf. Musik für alle Altersgruppen ließen die Tanzfläche zu einem beliebten Tummelplatz für alle Feiernden werden. Martin und Caro waren ausgelassen wie in Jugendtagen und ließen kaum einen Tanz aus. Erst Carsten schaffte es mit seinem Charme, Caro für einen Tango zu entführen. Sie lächelte schelmisch und ließ sich bereitwillig auf die Tanzfläche schieben.

„Ich habe schon beobachtet, daß du so eine exzellente Tänzerin bist und kaum gewagt, dich aufzufordern", sagte Carsten lächelnd. Caro entgegnete schlagfertig „du alter Charmeur, jetzt übertreibst du aber ganz schön" und zupfte an seiner Krawatte. Die beiden Zurückgelassenen schienen sich so gut zu unterhalten, daß Ute laut lachte und alle hinschauten.

Ein kaltes Büfett im Nebenraum war ein neuer Anziehungspunkt. Dort gab es alle lukullischen Spezialitäten, die man sich nur denken konnte, brillant angerichtet. Das Fünf-Sterne-Hotel machte seinem Namen alle Ehre. Caro genoß schon den Anblick und nippte nur ein wenig an den leckeren Köstlichkeiten. Martin nutzte die Gunst der Stunde und genoß die herrlichen Leckerbissen. Caro zog es wieder auf die Tanzfläche. Den Boogie-Woogie durfte sie nicht verpassen. Schon alleine drehte sie sich zu den rhythmischen Klängen. Schon immer war sie temperamentvoll, doch da übertraf sie sich selbst. Alle blickten fasziniert zu ihr hin. Als Martin sie über seine Schulter warf, war der Höhepunkt erreicht. Ute konnte da nicht mithalten. Sie bevorzugte langsame Tänze. Carsten klatschte Caro ab, während Martin das feurige Treiben seiner Frau auf der Tanzfläche beobachtete. Die folgende Polonaise durch den Saal steigerte die dufte Stimmung der Sylvestergesellschaft. Gleich war es 24 Uhr. Neujahr stand vor der Tür. Die Band ließ einen Tusch erklingen, dann war es so weit. „Prosit Neujahr", erschallte es überall. Mit Sekt wurde der neue Jahresbeginn begrüßt. Umarmungen, Küsse und viele gute Wünsche für das Jahr 2000 folgten. Caro schwang schon wieder ihre Hüften, sie war nicht klein zu kriegen. Man sah ihr nicht an, daß sie zweifache Mutter war. Martin griff zum Handy und beglückwünschte seine Eltern zum Neuen Jahr. Von Ferne hörte er seine Kinder, die sich über die Knallerei freuten und die farbenfrohen Raketen bejubelten.

Nach einem deftigen Katerfrühstück traten sie die lange

Heimreise an. Voller beeindruckender Erlebnisse kehrten sie zurück in ihr schönes Brandenburger Land.

Alex war wieder in ein depressives Loch gefallen. Er döste vor sich hin und war lustlos. Die Arbeit in der Elektrowerkstatt verrichtete er widerwillig und schludrig. Das lange Gefängnisleben hatte Auswirkungen auf seine Psyche. Ein Mitinsasse aus der Werkstatt, mit dem er sich gut verstand, war entlassen worden. Das nagte an seinem Nervenkostüm. Auch die Post von Anne konnte ihn nicht viel fröhlicher stimmen. Er lag auf seiner Pritsche und simulierte. Ausbrechen könnte er, doch das brachte nichts. Bald wäre er wieder eingefangen und dann käme alles noch schlimmer. Er wollte Schluß machen mit seinem erbärmlichen Leben, aber wie? Alex besaß weder ein Messer oder eine Schere.

In der Werkstatt fand er eine Rasierklinge, die er in einem unbeaufsichtigten Moment mitgehen ließ. Er mußte sie gut verstecken, denn laufend fanden strenge Kontrollen statt. Alex wollte sich nicht erwischen lassen. Er hätte nichts zu lachen, wenn das rauskäme. Wieder lag er grübelnd auf seiner Schlafstätte und fühlte sich so richtig beschissen. Außer dem kurzen Hofrundgang kam er im Winter fast gar nicht an die Luft. An ein Haftende war nicht zu denken. Noch zwei Weihnachtsfeste mußte er hier verbringen. Das war eine aussichtslose Perspektive. Ihm fiel die Rasierklinge ein, die er aus dem Versteck holte. Ohne Zögern schnitt er eine Pulsader auf. Das Blut lief in Strömen. Alex verlor das Bewußtsein und kam erst im Krankenhaus zu sich. Sein Arm war verbunden, und er hing an Schläuchen, als er die Augen aufschlug und einen Wächter im Zimmer erkannte. „Was ist passiert“, fragte völlig durcheinander? „Ich glaube, Herr Schröder, Sie wollten uns verlassen oder?“ „Schade, daß es nicht geklappt hat, dann wär ich allen Ärger los.“ Eine Psychologin kam einmal pro

Woche, um ihn wieder aufzubauen. Alex hatte Zutrauen zu der ansehnlichen Dame, die es gut mit ihm meinte.

Anne war außer sich, als sie von dem Selbstmordversuch ihres Mannes erfuhr. Sie konnte sich nicht erklären, warum ihr Alex das getan hatte, wo sie und auch Lukas zu ihm hielten. Gleich am ersten Wochenende stand sie traurig vor ihm. Ohne ihn zu verurteilen, gestand sie ihm ihre Liebe, die auch in der schweren Zeit seiner Haft nicht erloschen war. Nicht einmal die Annäherungsversuche eines Pflegers hatten sie berührt. „Versprich mir bitte, daß du nie wieder so etwas machst, Alex. Wir brauchen dich." Mit diesen Worten entfernte sie sich zuversichtlich.

Martin glaubte nicht richtig verstanden zu haben, was ihm Anne am Telefon erzählte. Das Alex so sensibel ist, hätte er niemals angenommen. Zunächst schrieb er einen langen Brief zur Aufmunterung und kündigte seinen baldigen Besuch an. Martin hielt Wort und besuchte seinen Freund, der inzwischen von der netten Psychologin aufgerichtet worden war. Er fand, daß Alex wie früher war und scherzte mit ihm über die Entgleisung. „Du wolltest sicher mal wieder eine Sonderbehandlung oder mit einer flotten Krankenschwester flirten? Du bist mir einer, Alter. Man kann dich nicht aus den Augen lassen". Martin zischte guter Dinge mit seinem Flitzer heimwärts.

Für Caro gab es eine unliebsame Überraschung, als sie an einem kalten Februartag schon mittags heimkam. Die Terrassentür stand offen, unzählige Glassplitter lagen davor. Sie schaute ängstlich ins Wohnzimmer und traute ihren Augen nicht. Ein Bild der Verwüstung ließ sie erschaudern. Zum Glück waren die Kinder noch nicht da. Sie stürzte zum Telefon und schilderte Martin das Erlebte. Er war fassungslos und wollte sofort nach Hause kommen. Sie betrat die anderen Zimmer, die auch nicht viel besser aussahen. Was suchten diese

Einbrecher nur? Martins Computer war verschwunden, und der Safe unter dem großen Ölgemälde im Wohnzimmer war aufgebrochen. Zum Glück war nur eine kleine Menge Bargeld darin. Carolines Schmuck fehlte komplett. Die Küche glich einem Schweinestall. Scheinbar hatten die Täter dort auch Bargeld vermutet. Vor Wut über den Mißerfolg, hatten sie Mehl und Zucker im ganzen Haus verstreut. Caro war am Ende und schluchzte bitterlich.

Als Martin eintrat, hatte sie sich schon ein wenig gefaßt. „Ist das nicht eine schöne Bescherung?" empfing sie ihren Mann und fiel ihm um den Hals. Die Polizeibeamten, die Martin alarmiert hatte, waren ebenfalls entsetzt. „Das ist ja ein Einbruch der übelsten Art", bemerkte Kommissar Schindler. Diese Typen müssen Zimmermanns Gewohnheiten ganz genau ausgekundschaftet haben", stellte sein Kollege fest.

Lisa staunte, daß beide Eltern zu Hause waren, als sie die Haustür aufschließen wollte. „Sieh dir das nur an, wie dein schönes Zimmer aussieht", sagte Caro und nahm die Tochter in den Arm. Sie weinte, als sie sah, daß sämtliche Sachen aus ihrem Schrank auf dem Fußboden verteilt waren und ihre Lieblingspuppe Susi eingebeult war. Ihr Radiowecker war auf den Teppich gefallen, aber funktionierte noch. Das ganze Haus war durchwühlt und glich einer Müllkippe. Nach drei Stunden verließen die Polizeibeamten das Haus. Sie hatten alle Schäden gewissenhaft erfaßt und die Fingerabdrücke in ihrer Verbrecherkartei gespeichert. Caro fand noch einen Stoffbeutel von C&A, in dem sie ein schmutziges T-Shirt mit der Aufschrift „Boss" entdeckte. Stundenlang mühten sich die beiden, um ihr Heim einigermaßen aufzuräumen.

Moritz, den Opa Günter aus dem Kindergarten abholen mußte, sah nicht mehr viel von dem Wirrwarr. Er vermißte seinen Teddy, der aufgeschlitzt unter dem Kleiderschrank lag. Opa strich dem Kleinen tröstend über seinen Haarschopf und sagte: „Das waren böse Onkel, die hier gewütet haben. Wir kaufen dir einen neuen Teddy, mein Schatz“.

Sogar die Tageszeitung berichtete von dem Einbruch im Einfamilienhaus am Blütengrund. Mehrere Wochen vergingen ohne einen Fahndungserfolg der Polizei. Die sich häufenden Straftaten ließen die Gesetzeshüter nicht zur Ruhe kommen. Eine Zivilstreife, die zusätzlich eingesetzt wurde, legte sich Tag und Nacht auf die Lauer. Dann kam endlich die Erfolgsmeldung. Zwei Jugendliche, die aus der Strafvollzugsanstalt Brandenburg geflohen waren, trieben im Umland von Berlin ihr Unwesen. Rein zufällig war der Besitzer einer Tankstelle Augenzeuge geworden, als die beiden Ganoven am hellichten Tag in ein Haus einsteigen wollten. Die Polizei konnte die beiden Spitzbuben in flagranti am Tatort festnehmen. Auf Grund der Fingerabdrücke konnten sie eindeutig als die Einbrecher der Villa am Blütengrund identifiziert werden. Zimmermanns atmeten auf. Nun brauchten sie nicht mehr in Angst und Schrecken zu leben. An Handschellen gefesselt, durften die Ganoven wieder ihre alte Zelle in Brandenburg beziehen. Ihre Haftzeit wurde um einige Jahre verlängert. Das Personal der Strafvollzugsanstalt war erleichtert, daß die „Ausreißer“ eingefangen waren. Für den fahrlässigen Aufseher hatte das Geschehene Konsequenzen. Der entstandene Schaden am Haus war beachtlich und wurde auf 30.000 DM beziffert. Die beiden Ölgemälde im Wohnzimmer waren arg beschädigt. Das war ein richtiger Racheakt, weil sie die Bilder nicht abmontieren konnten, meinte Caro und konnte sich nicht beruhigen über so viel Gemeinheit. Die Versicherung ließ sich Zeit mit der Zahlung der Schadenssumme. Martin mußte mehrmals vorstellig werden bis es endlich klappte.

Zur besseren Sicherung ihres Hauses ließ Martin umgehend neue Sicherheitsschlösser und eine Alarmanlage installieren. Sie war nicht billig, jedoch dringend erforderlich, da tagsüber keiner zu Hause war.

Caro hatte eine tolle Idee: „Wir brauchen einen scharfen Hund." Die Eltern waren sich einig, und die Kinder jubelten. Sie drängelten so lange, bis Martin einen jungen Schäferhund mitbrachte. Er hatte laufend die Tierinserate in der Zeitung verfolgt und war auf diesen Rüden gestoßen, der auf den Namen „Prinz" hörte. Zunächst hatte niemand den neuen Hausbewohner bemerkt, den er an den Gartenzaun gekettet hatte. Sein Bellen ließ die Familie hellhörig werden.

Caro schaute aus dem Küchenfenster und erkannte die Überraschung. Die ganze Familie umringte den jungen Schäferhund, der sehr zutraulich war. „Nun wird sich wohl niemand so schnell auf unser Grundstück wagen", meinte Martin und brachte ein Schild „Vorsicht bissiger Hund!" an.

Alex hatte einen depressiven Rückfall. Auch die verordneten Pillen und die psychologische Betreuung halfen ihm nicht wirklich. Ihn kotzte alles an. Nicht einmal das Foto von Anne und Lukas riß ihn aus dem tiefen Loch, in das er gefallen war. Er starrte die Wand an und hatte sich schon blutig gekratzt vor lauter Nervosität. Für ihn gab es keinen Ausweg mehr. Er wollte seinem Leben ein Ende machen. Einige Tabletten, die er zur Beruhigung bekam, hatte er aufgespart. Er nahm alle auf einmal und wachte nicht mehr auf. Alex war tot. Erst am Morgen fand der Wärter ihn ruhig auf der Pritsche liegend. Die Totenstarre war schon eingetreten. Der Notarzt konnte nur noch den Totenschein austellen.

Anne brach zusammen und wäre sicher ihrem Mann bald gefolgt, wenn Lukas nicht gewesen wäre. Die Trauerfeier, der nur wenige beiwohnten, war auf dem Waldfriedhof am Stadtrand. Martin hatte Anne fest im Arm, und Caroline folgte mit

Lukas, der eine Rose in der Hand hielt. „Für meinen Papa, der so krank war“, sagte er und warf die Rose in die Grube.

Der Lebensweg der beiden ungleichen Freunde hatte sich nun für immer getrennt.

Nachwort

Der Roman endet mit dem tragischen Tod von Alex. Warum ist es dem tüchtigen Geschäftsmann Martin Neumann, der so erfolgreich sein Autohaus geführt hat, nicht gelungen, seinen Freund auf den rechten Weg, den des Erfolges im beruflichen und auch im privaten Leben zu bringen? Das werden sich einige Leser fragen. Alex war ein schmächtiger junger Mann, nicht nur äußerlich. Er hatte einen labilen Charakter. Immer wieder stürzte er in den Abgrund, der sich vor ihm auftat, anstatt einen Neuanfang mit allen Konsequenzen durchzustehen. Er war nicht in der Lage, seine Probleme zu meistern. Mich als Autorin hat die leidvolle Situation vieler junger Menschen angeregt, die nach der Wende arbeitslos geworden sind. Wie viele Jugendliche finden nach Verlassen der Schule keinen Ausbildungsplatz. Sie schreiben eine Bewerbung nach der anderen, werden mutlos und geben nach 30, 40 und mehr Ablehnungen auf, bevor sie überhaupt angefangen haben, ins Berufsleben zu starten. Was ist ihr Ausweg? Gammeln auf der Straße, bis in die Puppen schlafen, fernsehen, sich an den Schaufensterauslagen die Nase platt drücken, ohne einkaufen zu können. Viele sehen dann Alkohol und Rauschgift als Alternative, um sich von den Alltagssorgen zu befreien. Sie werden zu Straßenkindern oder gar zu Kriminellen wie Alex. Manche sind auch so aggressiv, und meinen, der Krieg im Irak ist gerechtfertigt. Bomben zwischen die Menge werfen, dann ist Ruhe. Das ist doch furchtbar, und das Leid können alle die ermesssen, die wie ich als Sechsjährige den Krieg mit allen seinen Schrecken, mit Tod und Verwüstungen erlebt haben. Dann gibt es viele Menschen nicht mehr, die auch ein Recht haben zu leben und glücklich zu sein. Das ist nicht die Lösung, nein! Ich hoffe, daß diese Gedanken viele Menschen zum Nachdenken und Handeln bewegen!